plaisir
d'amour

SANDY ALVAREZ
CRYSTAL DANIELS

Bayou Christmas

KINGS OF RETRIBUTION MC

Ins Deutsche übertragen
von Elena W. Gaiss

Crystal Daniels & Sandy Alvarez
Kings of Retribution MC Teil 14: Bayou Christmas (Louisiana Chapter)

Aus dem Amerikanischen ins Deutsche übertragen von Elena W. Gaiss

© 2020 by Crystal Daniels & Sandy Alvarez unter dem Originaltitel „Bayou Christmas (Kings of Retribution Novella)"
© 2024 der deutschsprachigen Ausgabe und Übersetzung by Plaisir d'Amour Verlag, D-64678 Lindenfels
www.plaisirdamour.de
info@plaisirdamourbooks.com
© Covergestaltung: Sabrina Dahlenburg (www.art-for-your-book.de)
© Grafik: Pixabay/GDJ
ISBN Print: 978-3-86495-724-6
ISBN eBook: 978-3-86495-725-3

Kapitel 1

Riggs

Ich begrüße den Temperaturwechsel und die kalte Nachtluft, die meine entblößte Haut kühlt, als ich aus der Tür des *Twisted Throttle* trete. Nachdem ich mir eine Zigarette angezündet habe, lehne ich mich an die Metallsäule neben mir. Ich atme tief ein, ziehe das Nikotin in meine Lungen, spüre das Brennen, bevor ich den weißen Rauch ausatme, und beobachte, wie er sich mit dem leichten Wind in der Abendluft auflöst.

Das Wasser läuft mir im Mund zusammen von den Gerüchen, die der Wind herüberweht - Zimt und Nelken von heißem Apfelwein, dazu ein Hauch Vanille von den frisch gebackenen Keksen, die der Straßenhändler in der Nähe verkauft.

Es ist Weihnachtszeit in New Orleans. Klänge von klassischem Rock, Country und kreolischer Musik ertönen überall um mich herum, vermischen sich und schaffen eine lebendige Atmosphäre. Wohin man auch schaut, die Stadt ist festlich geschmückt, selbst in der Bourbon Street. Tannengirlanden und Lichterketten säumen die Balustraden der oberen Etagen der meisten Häuser, und einige Ladenbesitzer haben sich besonders viel Mühe gegeben und auch ihre Schaufenster geschmückt. Hier im *Twisted Throttle* gibt es ein paar Lichter mehr als in den vergangenen Jahren, denn meine Frau liebt Weihnachten. Da ich nichts lieber tue, als ihr jeden Wunsch zu erfüllen, habe ich die Außenfassade der Bar zusätzlich geschmückt, nur um ihre Augen leuchten zu sehen.

Ich beobachte, wie sich die überfüllte Straße langsam leert, während „Crescent City", wie New Orleans auch genannt wird, in die frühen Morgenstunden wechselt. Meine Gedanken kreisen um Luna. Ein unermessliches Glück erfüllt mich und ich muss unweigerlich lächeln. Nie im Leben hätte ich gedacht, dass ich die Liebe finden würde, die meine Frau und ich teilen. Ich bin ein verdammter Glückspilz und es vergeht kein Tag, an dem ich mir dessen nicht bewusst bin.

Luna und ich haben viel durchgemacht, seit unsere beiden Welten aufeinandergeprallt sind. Ich habe sie vielleicht von den Monstern ihrer Vergangenheit befreit, aber sie hat mir auf eine Weise das Leben gerettet, die sie sich nie hätte ausmalen können.

Jetzt, Monate später, sind wir beide glücklich. Alle Probleme, die den Club umgaben, haben sich in Luft aufgelöst, und meine Frau wird bald unser Baby zur Welt bringen. Allein der Gedanke, ein Mädchen großzuziehen, macht mich nervös und aufgeregt zugleich. Ich hoffe, dass unsere Tochter so aussehen und so ein gutes Herz haben wird wie ihre Mutter.

Ein Streifenwagen fährt langsam die Bourbon Street entlang und warnt die Leute mit Blaulicht, dass sie zwar nicht zwangsläufig nach Hause gehen müssen, aber auch nicht hier verweilen können. Ich schaue auf meine Armbanduhr. In weniger als einer Stunde ist mein Arbeitstag vorbei.

Plötzlich weht mir ein warmer Luftzug entgegen, begleitet von Musik aus der Bar hinter mir. Ich ziehe noch einmal lange an der Zigarette zwischen meinen Fingern.

„Ich habe mir schon gedacht, dass ich dich hier draußen finde." Mein Bruder Cain tritt neben mich. Er hebt eine Bierflasche an die Lippen, trinkt den Rest aus und wirft die Glasflasche in den nächsten Mülleimer. „Es war ein verdammt langer Tag." Cain fährt sich mit den Fingern durchs Haar und seufzt tief.

„Ich weiß deine Hilfe heute Abend zu schätzen." Ich werfe meine Zigarette auf den Boden und trete sie mit der Schuhspitze aus.

„Glaubst du, wir werden noch mehr Ärger mit Zwiddeldum und Zwiddeldei bekommen?", fragt Cain und bezieht sich damit auf den Vorfall, den wir heute Abend hatten, als ein paar hitzköpfige Biker etwas zu viel getrunken hatten und sich weigerten, ihre schmierigen Griffel von den weiblichen Gästen zu nehmen. Da sie sich im betrunkenen Zustand vollkommen kugelsicher fühlten, glaubten sie, sich mit Wick und mir anlegen zu können. Das war nicht ihre klügste Idee.

„Das glaube ich nicht. Sie trugen keine Club-Embleme. Sie sahen aus wie Einzelgänger."

„Du und Wick habt sie ganz schön verprügelt", bemerkte Cain mit einem leichten Grinsen.

„Sie hatten es nicht anders verdient." Ich stoße mich vom Pfosten ab und sehe meinen Bruder an. „Wo haben du und Everest die Arschlöcher und ihre Motorräder abgeladen?"

„Wir haben sie auf der anderen Seite der Pontchartrain-Brücke abgesetzt und mit Klebeband aneinander gefesselt, Schwanz an Arsch." Cain kichert und ich schüttle den Kopf und lache mit.

Ich klopfe meinem Bruder auf die Schulter und öffne die Tür zur Bar. „Ich würde mir keine Sorgen wegen eines Racheakts machen. Von den beiden werden wir nichts mehr hören."

Etwas mehr als eine Stunde später sind meine Männer nach Hause gegangen und ich schleppe mich müde die Treppe hinauf in die Wohnung, die Luna und ich uns über der Bar teilen. Um meine Frau nicht zu wecken, ziehe ich meine Stiefel vor der Haustür aus und trete ein. Die Wohnung riecht nach warmen Chocolate Chip-Keksen und ich lächle, weil ich nun sicher bin, dass Luna wach ist. Ich weiß genau, wo ich sie finden werde und gehe durch die Wohnung. Eine Plane bedeckt die teilweise eingerissene Wand, die mein Wohnzimmer vom Nachbarzimmer trennt. Ich hatte darüber nachgedacht, meine Wohnung zu vermieten und ein Haus außerhalb der Stadt zu kaufen, aber Luna wollte davon nichts wissen. Ihr gefällt es hier, und sie will unsere

Familie in der Stadt großziehen, zumindest vorläufig. Also tat ich das Bestmögliche – ich kaufte das Gebäude neben der Bar mitsamt der Wohnung darüber. Es ist nicht viel zusätzliche Wohnfläche, aber genug, um den hinzugewonnenen Platz in zwei getrennte Schlafzimmer umzuwandeln, von denen eines das Kinderzimmer sein wird.

Auf der Suche nach meiner Frau ziehe ich meine Kutte aus und drapiere sie über der Rückenlehne des Wohnzimmersofas.

Luna dreht mir den Rücken zu, als ich ins Zimmer hinter der Plane trete. Ich nehme mir einen Moment Zeit, um sie zu betrachten. Ich beobachte, wie sie einen Pinsel in den Farbeimer taucht und ihn dann zur Wand vor sich führt. Luna malt ein Wandbild, an dem sie seit einigen Wochen arbeitet. Oft wache ich spät in der Nacht auf und finde sie hier, wenn sie nicht schlafen kann. Ihre Hand führt den Pinsel hin und her und fügt dem Sonnenuntergang an der Wand ein wenig Lila hinzu. Sie legt den Pinsel beiseite und nimmt einen anderen, kleineren in die Hand. Luna fängt an, Glühwürmchen zu malen, und ich bewundere ihr Talent. Sie malt unsere Sonnenuntergänge über dem Bayou. Mit der Wand als Leinwand hat Luna die Aussicht von Pops Veranda wunderbar eingefangen. Sie malt so realistisch, dass ich die Zikaden, Grillen und Frösche im Hintergrund zirpen und quaken höre.

Luna dreht ihren Körper leicht und zeigt ihren immer größer werdenden Babybauch. Sie ist immer schön, aber durch die letzten neun Monate und die Veränderungen ihres Körpers erscheint sie mir noch viel schöner. Der Anblick meiner Frau, die mit unserem Baby schwanger ist, ist verdammt sexy. Ich bin noch besessener von ihr als eh schon.

Ich gehe zu ihr, stelle mich hinter sie, ziehe ihren Rücken an meine Brust, umfasse ihren Bauch und küsse ihren Nacken. Ich spüre, wie sie scharf einatmet und ihre Haut sich unter meiner Berührung zu Gänsehaut zusammenzieht. Luna legt den Pinsel auf den kleinen Tisch neben sich und dreht sich zu mir um. Sie stellt sich auf die Zehenspitzen und drückt ihre süßen Lippen auf meine. Mein Schwanz drückt schmerzhaft gegen meine Jeans, als sich ihre Lippen trennen und unser Kuss tiefer wird. Meine Zunge spielt mit ihrer, während ihre Finger durch mein Haar fahren. Ich ziehe mich zurück, sehe sie an und streiche ihr die losen Haarsträhnen aus dem Gesicht. „Hey, Schönheit." Ihre Augen wandern zu meinen Lippen und sie lächelt.

Ihre Hände signalisieren mir „Hallo" in Gebärdensprache.

„Warum bist du noch auf? Es ist zwei Uhr.“

„Ich konnte nicht schlafen“, gestikuliert Luna. „Unser kleines Mädchen ist sehr aktiv.“ Dann reibt sie sich den Bauch.

„Komm mit mir duschen“, sage ich, und sie nickt zustimmend. Ich nehme sie bei der Hand und wir gehen durch unser Schlafzimmer ins Badezimmer. Im Bad drehe ich das Wasser in der Dusche auf, damit es warm wird, und drehe mich zu meiner Frau um. Ihre Pupillen weiten sich, als sie sieht, wie ich nach dem Saum ihres Nachthemdes greife. Sie hebt die Arme über den Kopf und ich ziehe sie aus. „Du bist so sexy“, sage ich zu ihr.

„Ich bin riesig“, antwortet Luna. „Ich sehe meine eigenen Füße nicht mehr.“ Sie seufzt tief. Dass sie gar nicht merkt, wie umwerfend sie aussieht, macht sie nur noch attraktiver. Ich ziehe mich ebenfalls aus und helfe ihr unter die Dusche. Lunas Augen wandern über meinen Körper und bleiben an meinem Schwanz hängen, der schwer vor Verlangen zwischen meinen Beinen hängt. Sie streckt die Hand aus, um mich zu berühren, aber ich halte sie zurück.

„Lass mich für dich sorgen.“ Ich greife nach ihrem Lieblingsduschgel mit Vanilleduft und drücke etwas davon auf meine Handflächen. Ich schäume meine Frau ein, und streichele jeden Zentimeter ihres Körpers. Ich umschließe ihre vollen Brüste und fahre mit den Daumen über die empfindlichen Brustwarzen, woraufhin Lunas Atem schneller geht. Ihre Augen folgen jeder Bewegung, während meine Handflächen über ihren Körper gleiten. Mit meiner Hand tauche ich zwischen ihre Schenkel und streiche sanft mit den Fingerspitzen über ihre Pussy, verführerisch neckend, während das Wasser, das über ihre Haut rinnt, die Seife wegspült.

Ihr Keuchen ist mein Untergang.

Da ich meine Frau von innen spüren will, stelle ich mich hinter sie und platziere ihre Handflächen an die gekachelte Wand. Luna beugt den Rücken durch, schaut dann über ihre Schulter und mir in die Augen, während ich die Eichel meines Schwanzes an ihrem Eingang ausrichte und langsam in sie eindringe.

„Verdammt, ja." Den ganzen Tag habe ich darauf gewartet, ihre Pussy um meinen Schwanz zu spüren. Ich küsse ihren Hals, greife um sie herum, umfasse ihre Brüste und ziehe leicht an ihren Brustwarzen, wodurch sich die Wände ihrer Pussy um meinen Schwanz zusammenziehen. Ich schiebe eine Hand zwischen ihre Schenkel, bearbeite ihre Klitoris und bringe Luna dem Höhepunkt näher. Sekunden später explodiert Luna mit einem

Orgasmus und reißt mich mit sich. Jeder Muskel in meinem Körper spannt sich an, als ich mein Sperma in sie spritze.

Während wir uns von unserem Höhepunkt erholen und unser Atem sich beruhigt, umarme ich meine Frau fest. Ich könnte mühelos in die zweite Runde gehen, aber Luna ist nach diesem Orgasmus zu erschöpft. Ich löse unsere Verbindung und ziehe mich aus ihr zurück. Da Luna dringend ins Bett muss wasche ich mich schnell ab. Wenige Augenblicke später sind wir beide abgetrocknet und liegen im Bett, aneinander gekuschelt unter der Decke. Die Weihnachtsbeleuchtung vor unseren Fenstern taucht uns in ein warmes Licht. Meine Hand ruht auf ihrem Babybauch und ich lächle jedes Mal, wenn sich unsere Tochter darin bewegt. „Ich verstehe, warum du nicht schlafen kannst", sage ich.

Lunas Hände gestikulieren: „Du siehst müde aus. Harte Nacht?"

„Irgendwann wurde es etwas laut, aber nichts, womit wir nicht fertig geworden wären." Da ich nicht über Belanglosigkeiten reden will, wechsle ich das Thema. „Ich dachte, wir könnten später in der Woche einen Spaziergang durch den Stadtpark machen. Dort gibt es eine der größten Weihnachtsbeleuchtungen in der Gegend." Lunas Gesicht erstrahlt. „Ich weiß noch, wie ich als Kind mit Cain dorthin gegangen bin, um Papa Noël zu sehen. Ich hoffe, ich kann die gleichen schönen Erinnerungen mit dir und eines Tages mit unseren Kleinen schaffen", sage ich zu ihr.

„Papa Noël?", fragt Luna in Gebärdensprache. „Du meinst den Weihnachtsmann?"

„Ja, der Weihnachtsmann, aber Cain und ich haben ihn immer Papa Noël genannt." Ich denke an meine Kindheit zurück. „An jedem Heiligabend zünden die Bewohner am Ufer des Mississippi große Feuer an. Diese Tradition geht auf die ersten Cajun-Siedler hier in Louisiana zurück. Diese Feuer sollen Papa Noël, dem Cajun-Weihnachtsmann, auf seiner Reise durch die Region den Weg leuchten. An Heiligabend werden die Feuer bei Einbruch der Dunkelheit angezündet, normalerweise gegen neunzehn Uhr, und erleuchten den Himmel und die Umgebung mit Flammen, die hoch genug sind, damit Papa Noël und seine Rentiere sie sehen können. Schüsseln mit heißem Gumbo und andere Speisen werden von den Anwohnern kostenlos angeboten. Am Ende des Festes gibt es meistens ein Feuerwerk", beschreibe ich ihr die Feierlichkeiten.

Luna lächelt mich schläfrig an und gähnt. „Ich möchte, dass unser Baby das alles miterlebt", gebärdet sie und kuschelt sich an meine

Seite. Ihr warmer Atem streichelt meine Haut, während sie ihr Gesicht in meine Halsbeuge schmiegt.

Ich liege still und regungslos da und halte meine Frau fest, während sie einschläft. Erst dann erlaube ich mir, die Augen zu schließen und friedlich neben dem schönsten Geschenk zu ruhen, das mir das Leben gemacht hat.

Kapitel 2

Luna

Ich erwache pünktlich für den Sonnenaufgang in New Orleans. Das Sonnenlicht, das durch das Balkonfenster fällt, schmiegt sich wie eine warme Decke an meinen Körper. Ich drehe mich auf die Seite und will nach Abel greifen, aber seine Hälfte des Bettes ist kalt. Eine Sekunde später steigt mir der Geruch von Speck in die Nase, mein Magen knurrt und das Baby beginnt zu treten. Ich lächle und reibe mir den Bauch.

Spiel ruhig ein wenig, Kleines. Lass Mama erst pinkeln, dann füttere ich dich.

Ich setze mich auf, schiebe meine Beine langsam zur Seite, bis meine Füße den Boden berühren, stütze mich mit der Handfläche auf der Matratze ab und stemme mich hoch. Ich befinde mich auf der Zielgeraden meiner

Schwangerschaft, und es wird immer schwieriger, aus dem Sitzen in den Stand zu kommen. Abgesehen davon steht meine Blase kurz vorm Platzen, da das Baby gerade darauf herumtanzt.

Nachdem ich mein Geschäft im Bad erledigt habe, schlurfe ich zurück ins Schlafzimmer, schnappe mir Abels T-Shirt vom Stuhl neben dem Bett und ziehe es mir über den Kopf. Selbst mit meinem runden Bauch reicht es mir fast bis zu den Knien. Ich ziehe den Kragen hoch, führe den Stoff an meine Nase und atme Abels männlichen Duft ein, schließe die Augen und lasse den vertrauten Geruch von Abels Eau de Cologne, gemischt mit einem Hauch Moschus, meine Sinne erfüllen. Der Duft ist berauschend und macht seltsame Dinge mit meinem Körper. Auch nach einem Jahr des Zusammenseins verursacht der Gedanke an Abel immer noch Schmetterlinge in meinem Bauch.

Als ich die Augen öffne, sehe ich mein Spiegelbild in dem bodentiefen Spiegel in der Zimmerecke. Ich gehe ein paar Schritte vor und stelle mich davor. Dann hebe ich das Shirt und stelle fest, wie sehr sich mein Körper in den letzten Monaten verändert hat, während ich mit der Handfläche über die Stelle fahre, an der meine Tochter wächst. Meine Hüften sind etwas breiter, meine Brüste voller, mein Bauch ist jetzt und für immer gezeichnet von dem Leben, das ich in mir trage, einem Leben, das aus Liebe geboren wurde. Die wichtigste Veränderung von allen ist in meinen Augen zu sehen. Ich bin überglücklich. Ich habe gehört, dass eine Schwangerschaft eine Frau strahlen lässt, aber ich glaube, es liegt eher am schieren Glück. Für mich war der Tag, an dem Abel mir zum ersten Mal sagte, dass er mich liebt, der glücklichste meines Lebens. Dann kam der Tag, an dem ich ihm sagte, dass ich schwanger bin. Bald merkte ich, dass ich jeden Tag, an dem ich neben dem Mann meiner Träume aufwachte, glücklicher war als am Tag zuvor.

Das Strampeln meiner Tochter reißt mich aus meinen Gedanken und ich lächle. *Okay, okay, kleines Mädchen.*

Als ich die Küche betrete, sehe ich Abel am Herd stehen und Speck aus der Pfanne auf einen Teller heben – er trägt nur eine schwarze Boxershorts. Ich lasse meinen Blick über seinen schlanken, durchtrainierten Körper schweifen. Ich kann regelrecht sehen, wie ihm meine Anwesenheit bewusst wird. Er schaut mich über die Schulter an und grinst.

Dann legt er die Gabel auf den Tresen, hebt die Hand und sagt in Gebärdensprache: „Guten Morgen, Baby".

„Guten Morgen", grüße ich zurück und mache mich auf den Weg zum Tisch, an dem Abel schon meinen Platz gedeckt hat. Es ist jeden Morgen dasselbe. Ich wache vom Duft des Essens, das mein Mann für mich kocht, auf und werde von ihm von vorne bis hinten bedient, bevor er seinen Tag beginnt. Nicht, dass er mich nicht schon vor meiner Schwangerschaft verwöhnt hätte, aber seit ich ihm gesagt habe, dass ich ein Kind von ihm erwarte, hat Abel das auf eine neue Ebene gehoben. Auch sein Beschützerinstinkt hat sich verzehnfacht. Er lässt mich ungern aus den Augen.

Abel stellt einen Teller mit Rührei, Speck und Toast vor mich hin, dazu ein Glas Orangensaft. Dann setzt er sich mir mit seinem eigenen Teller gegenüber. „Wie hast du geschlafen?", fragt er mich mit einem frechen Grinsen und einem Augenzwinkern. Er weiß ganz genau, wie ich geschlafen habe, denn er war es schließlich, der mich derart ins Reich der Träume verfrachtet hat. Die Schwangerschaft brachte allerlei Veränderungen mit sich, darunter viele unruhige Nächte. Ich schwöre, die Kleine ist eine Nachteule.

„Ich habe gut geschlafen", sage ich, rolle die Augen und sehe, wie er vor Lachen bebt.

„Was willst du heute machen, Baby?", fragt Abel.

„Ich dachte, du arbeitest das ganze Wochenende in der Bar?"

Er lächelt. „Wick kümmert sich die nächsten Tage um die Bar. Ich habe ihm gesagt, dass ich das Wochenende mit meiner Frau verbringen will."

Ich beiße mir auf die Unterlippe und zupfe an der Serviette, die neben meinem Teller liegt. „Ich dachte, wir könnten einen Weihnachtsbaum kaufen. Als ich aufgewachsen bin, hatte ich nie besondere Weihnachtstraditionen, und in den Häusern, in denen ich damals wohnte, gab es manchmal nicht einmal einen Baum oder Schmuck. Und als du mir von den Traditionen erzählt hast, mit denen du aufgewachsen bist, bin ich irgendwie in Weihnachtsstimmung gekommen." Ich halte kurz inne und blicke auf meinen Schoß.

Bevor ich mich versehe, steht Abel von seinem Stuhl auf und kniet sich neben mich auf den Boden. Ich drehe mich zu ihm um. Er legt seinen Finger unter mein Kinn und sieht mir in die Augen. „Wenn du einen Weihnachtsbaum aufstellen willst, dann machen wir das. Und wenn es dich glücklich macht, dann statte jeden Zentimeter dieser Wohnung mit Weihnachtsbeleuchtung aus, *Mon Trésor*."

„Wirklich?", frage ich und meine Aufregung wächst.

„Baby, wie wäre es, wenn du dich fertig machst, während ich die Küche aufräume? Anschließend fahren wir zu Nicks Weihnachtsbaumfarm und suchen uns den perfekten Baum aus. Dann kommen wir wieder hierher und du kannst dich ganz entspannen und den Weihnachtswahnsinn ausleben. Wie klingt das?“

„Perfekt“, bestätige ich und umarme ihn.

Ich stehe vom Tisch auf und mache mich voller Schwung auf den Weg ins Schlafzimmer. Ich ziehe eine schwarze Leggings mit Zuckerstangen-Motiv, einen weißen Fleecepullover und ein bequemes Paar flache Schuhe an. Meine Haare binde ich zum Pferdeschwanz zusammen. Während meiner Vorbereitung überwältigt mich die Aufregung und ich fühle mich wie ein Kind.

Eine Stunde später verlassen Abel und ich die Wohnung und gehen die Treppe hinunter zur Bar, wo wir Wick und Tequila vorfinden. Wick steht hinter der Theke und füllt die Regale auf, Tequila sitzt auf einem der Hocker. Als sie mich kommen sieht, lächelt sie, und ich lese von ihren Lippen ab, als sie zu sprechen beginnt. „Hey, kleine Mama. Wie geht es dir?“

„Gut. Und dir?“ Abel übersetzt für mich.

„Mir geht es gut. Ich gehe mit Sydney Weihnachtseinkäufe machen. Da kommt sie schon." Tequila deutet zum anderen Ende der Bar, wo ihre Nichte Sydney von der Damentoilette kommt. Als sie mich sieht, lächelt sie schüchtern und winkt mir zu. Ich lächle zurück.

Abel dreht sich um und schaut Wick an. „Ich bringe Luna zu Nicks Weihnachtsbaumfarm. Wenn ihr was braucht, ruft mich an. Ich habe mein Handy dabei."

Wick grinst mich an und nickt Abel zu. „Klar, Prez."

Dann blickt Wick zu mir. „Viel Spaß, Süße."

Abel nimmt meine Hand in seine, führt mich aus der Bar zu seinem Auto, öffnet mir die Beifahrertür und hilft mir beim Einsteigen. Dann greift er über meinen Bauch und schnallt mich an.

„Das kann ich auch, weißt du."

„Das sagst du mir jedes Mal, wenn ich dir helfe, aber meine Antwort ist immer dieselbe. Ich kümmere mich gern um dich." Er küsst mich auf die Nasenspitze, bevor er die Tür schließt.

Als wir durch das Tor von Nicks Weihnachtsbaumfarm fahren, bin ich so aufgeregt, dass ich kaum still sitzen kann. Die Weihnachtsbaumfarm ist riesig, mit Reihen und Reihen von wunderschönen grünen Bäumen. Abel parkt und dreht sich zu mir um, und ich kann sein Lächeln durch seinen buschigen Bart sehen.

„Ich nehme an, du bist bereit, deinen Baum zu finden?"

Ich nicke und gebärde: „Sehr gern. Ich habe noch nie einen richtigen Weihnachtsbaum ausgesucht, geschweige denn war ich in einer Baumschule." Meine Hände bewegen sich schnell, was meine Begeisterung über die Ereignisse des Tages widerspiegelt.

Abel streichelt meine Wange, während er mich liebevoll ansieht. „Dieses wird das erste von vielen wunderbaren Weihnachten sein, die noch kommen werden, Baby. Das verspreche ich dir."

Ich schließe die Augen und gebe mich seiner Berührung hin. Als ich sie wieder öffne, blinzle ich die Tränen weg, die zu fließen drohen. „Nächstes Jahr machen wir das mit unserer Tochter."

Abels Blick wird noch intensiver, als er seine große Handfläche auf meinen Bauch legt. Keiner von uns spricht. In einem Moment wie diesem sind Worte nicht nötig. Unsere Kleine scheint diesen besonderen Moment zwischen Mama und Papa zu spüren, denn sie macht sich durch Strampeln bemerkbar. Die Augen meines Mannes leuchten. Er beugt sich vor und beginnt, mit meinem Bauch zu sprechen und übersetzt gleichzeitig in Gebärdensprache: „Wie geht es Papas Mädchen heute?" Abels Worte verursachen einen weiteren Tritt unserer Tochter und ich muss kichern. Ich schwöre, unser Baby vergöttert seinen Papa jetzt schon. Sie reagiert auf ihn, wenn er mit ihr spricht. Die Art, wie Abel für mich übersetzt, wenn er mit unserem ungeborenen Kind spricht, lässt mich ihn noch mehr lieben. In jedem wachen Moment unseres gemeinsamen Lebens gibt es keinen Augenblick, in dem ich mich nicht geliebt und verehrt fühle, als wäre ich für ihn das Wertvollste, was es gibt.

Abel als Vater zu erleben, wird wunderbar sein.

„Bist du sicher, dass das der Richtige ist?", fragt Abel, als wir nebeneinander vor einer zwei Meter hohen Fraser-Tanne stehen.

„Ja, das ist er. Ich bin mir sicher", antworte ich ihm.

„Dann bekommst du ihn, Baby." Abel geht auf den Baum zu, die Axt in der Hand und gibt mir ein Zeichen, ein Stück zurückzutreten. Die nächsten fünfzehn Minuten beobachte ich meinen Mann, wie er die Axt in den Baumstamm schlägt. Zwei Minuten nach Beginn der Arbeit zieht Abel sein Henley-Shirt aus und trägt nur noch ein weißes Unterhemd. Ich mustere jeden Zentimeter seiner Muskeln, während sich sein Bizeps bei jedem Schwung der Axt anspannt. Ich lecke mir über die Unterlippe und reibe meine Schenkel aneinander. Meine überaktive Libido kommt in Fahrt, und ich wünsche mir plötzlich, wir wären schon zu Hause. Seit ich schwanger bin, ist mein Sexualtrieb durch die Decke gegangen. Mein Glück, dass Abel genauso hungrig nach mir ist wie ich nach ihm. Ich schwöre, meine Schwangerschaft törnt ihn noch mehr an als vorher.

Als ich feststelle, dass Abel das Baumfällen unterbrochen hat, löse ich meinen Blick von seinem Hintern und bemerke, dass seine Augen ebenfalls auf mir ruhen. Ein heißer Blick voll purem Verlangen, der sagt, dass ich ihm gehöre sobald wir nach Hause kommen.

Nach wenigen Sekunden haben Abel und ich unsere Lust wieder unter Kontrolle und er macht sich wieder an die Arbeit. Eine Stunde später liegt der Baum auf der Ladefläche des Pick-ups und wir sind auf dem Weg nach Hause. Wir machen sogar noch einen Abstecher zu einem Laden, um Lichterketten und Weihnachtsschmuck zu kaufen.

„Verdammt, Prez. Sieht aus, als hättest du alle Lichterketten in New Orleans aufgekauft", bemerkt Fender, als er uns hilft, unsere Ausbeute in die Wohnung zu tragen. Ich schaue zwischen Fender und Abel hin und her, amüsiert von ihrem Gespräch. Fender und die anderen Jungs lernen Gebärdensprache, weshalb Abel nicht mehr so viel übersetzen muss.

„Meine Frau wollte die Wohnung dekorieren, also bekommt sie was sie will."

Ich beobachte, wie Fender einen Blick in den hinteren Teil des Wagens wirft und die Stirn runzelt, als er die vielen Lichter und Dekorationen sieht, die wir gekauft haben.

Ich zucke die Schultern. „Ich gebe zu, ich habe vielleicht ein bisschen übertrieben."

„Nur ein bisschen? Schatz, du hast einen drei Meter fünfzig großen aufblasbaren Weihnachtsmann und Rentiere gekauft und lebst in einer Wohnung." Fender grinst.

Wieder zucke ich mit den Schultern. „Den können wir ins Clubhaus stellen."

Fender sieht mich entsetzt an. „Prez, bitte sag mir, dass du deiner Frau nicht erlaubst, einen drei Meter fünfzig großen Weihnachtsmann im Clubhaus aufzustellen."

Fenders Reaktion brachte mich zum schallenden Lachen. Als ich mich wieder unter Kontrolle habe, merke ich, dass mich beide Männer mit einem liebevollen Gesichtsausdruck ansehen.

„Ich nehme das zurück. Du solltest deine Frau den Weihnachtsmann aufstellen lassen", sagt Fender.

Bei diesen Worten wird mir ganz warm ums Herz. Fender, Nova, Wick und Kiwi sind wie Brüder für mich geworden. Sie kümmern sich um mich und behandeln mich wie eine Schwester. Sie sind die Familie, die ich nie hatte. Ich bin wirklich froh, dass sie ein Teil meines Lebens sind.

„Na, was meinst du?" Abel und ich stehen vor dem Christbaum. Die bunten Lichter funkeln und erhellen die ganze Wohnung. Jeder Zweig ist mit einem Unikat-Christbaumschmuck dekoriert, manche alt, manche neu. Die älteren hat Abel von seinen Großeltern geerbt, und er erzählt mir die Geschichte jedes einzelnen, während wir sie an den Baum hängen. Bei unserem heutigen Einkaufsbummel habe ich einige neue Stücke ausgesucht, um die Sammlung zu erweitern. Abel erzählte mir von der Tradition, die er als Kind erlebt hatte, als seine Großmutter ihm und seinem Bruder jedes Jahr einen neuen Anhänger kaufte, den sie an den Baum hängen durften. Er sagte mir, dass er diese Tradition mit unserer Tochter nach ihrer Geburt fortsetzen möchte. In diesem Jahr haben wir mit der Tradition begonnen, weil ich heute ganz zauberhaften Christbaumschmuck gefunden habe. Es ist ein Keramikherz mit der Aufschrift „Ein kleines Geschenk muss ausgepackt werden."

„Es ist perfekt, Baby."

„Ja?"

Abel küsst mich auf den Kopf. „Das hast du gut gemacht, Schatz."

Ich wende mich wieder dem Baum zu und lächle. Er ist perfekt. „Sollen wir draußen auf der Terrasse eine heiße Schokolade trinken?", schlägt Abel vor.

„Ich würde sagen, du kannst Gedanken lesen." In diesem Moment tritt das Baby und ich reibe mir den Bauch. „Deiner Tochter scheint die Idee auch zu gefallen."

Abel packt mich am Nacken, zieht meinen Kopf zurück und küsst mich. Ein Kuss, bei dem mir die Knie weich werden und der Atem stockt. „Dann hole ich meinen Mädels mal ihre heiße Schokolade."

Es ist fast zehn Uhr abends, und ich kuschle mich neben Abel in den riesigen Sessel, der draußen auf dem Balkon steht, und bewundere die funkelnden Lichter, die ums Geländer gewickelt sind. Die Luft ist frisch, aber angenehm, und die starken Arme meines Mannes halten mich warm. Unten auf dem Bürgersteig herrscht reges Treiben. Ich spüre das sanfte Vibrieren von Abels Stimme an meiner Wange, während mein Kopf an seiner Brust ruht, und ich weiß, dass er zu Fenders Musik mitsingt, der im *Twisted Throttle* auftritt. Vor langer Zeit habe ich aufgehört, mir zu wünschen, seine Stimme zu hören, wenn er mir etwas vorsingt, und stattdessen beschlossen, sie zu fühlen. Dieses Gefühl hat etwas Mächtiges.

„Ich liebe dich", spreche ich mit meiner Stimme. Ich mache das nicht oft, weil ich noch unsicher bin, aber es gibt Momente wie diesen, in denen das Sprechen sich richtig anfühlt. A-bel verlagert seinen Körper und zieht mich auf seinen Schoß, sodass wir uns gegenübersitzen. Er nimmt mein Gesicht in seine Hände und küsst mich sanft auf die Lippen.

Er zieht sich zurück, schaut mich an und fragt: „Willst du mich heiraten?"

Ich runzle die Stirn. „Du hast mich schon vor Monaten gefragt. Ich habe schon ja gesagt."

„Nein. Ich meine, willst du mich jetzt heiraten? Ich will, dass du meine Ehefrau bist, und ich will nicht länger damit warten, dich auf jede erdenkliche Weise zu meiner Frau zu machen. Ich will dich meine Ehefrau nennen und du sollst mich Ehemann nennen."

„Ist es wegen des Babys? Meinst du, wir müssen jetzt heiraten, weil wir in dieser Situation sind?"

„Luna, du bist die Liebe meines Lebens. Von dem Tag an, als ich dich zum ersten Mal sah und du mich mitten in diesem Clubhaus in Montana vor all meinen Brüdern umarmt hast, wusste ich, dass du für immer mein sein wirst."

Meine Wangen werden heiß, wenn ich an den Tag denke, an dem ich Abel gegenüberstand. Ich weiß ohne Zweifel, dass er mir die Wahrheit sagt. Ohne zu zögern antworte ich ihm: „Ja, ich wünsche mir nichts sehnlicher, als dich meinen Ehemann zu nennen. Sag mir nur Ort und Zeit, Abel LeBlanc, und ich werde dich liebend gern heiraten. Heute, morgen oder nächste Woche. Es ist mir egal, solange ich den Rest meines Lebens mit dir verbringen kann."

„Du weißt gar nicht, wie verdammt glücklich du mich machst, mein Schatz."

„Du machst mich auch glücklich, Abel. Mehr als du dir vorstellen kannst."

„Wie wäre es, wenn wir nächsten Samstag den großen Tag feiern? Dann habe ich Zeit, alles vorzubereiten. Ich habe einen Ort im Kopf.

Vertraust du mir, dass ich mich um die Location kümmere?"

Ich nicke.

„Gut. Morgen rede ich mit meinen Brüdern und Pop. Ich möchte es klein halten. Nur enge Freunde und Familie."

„Ich bin einverstanden. Lass es uns einfach halten. Der ganze Schnickschnack ist mir egal. Ich will nur das nächste Kapitel in unserem Leben beginnen."

Kapitel 3

Riggs

Es ist noch früh am Sonntagmorgen. Nach einem gemütlichen Frühstück auf dem Balkon mit meiner zukünftigen Ehefrau mache ich mich auf den Weg zu Pop. Eines war mir bei der Hochzeitsplanung klar: Ich wollte dort heiraten, wo ich aufgewachsen bin und wo sie und ich viele glückliche Nächte verbracht haben. Pops Haus ist im Laufe der Jahre zum Mittelpunkt all unserer Familientreffen geworden. Wir feiern dort alles. Von Feiertagen bis zu Geburtstagen, und sogar Wick und Tequila haben sich in Pops Garten das Jawort gegeben.

Pop hat eine alte Scheune auf der anderen Seite seines Grundstücks, nur wenige Meter vom Wasser entfernt. Er benutzt sie nicht oft. Sie dient nur dazu, seinen Traktor und seine

Mähmaschine unterzustellen. Sie ahnt nicht, dass ich es weiß, aber seit Monaten bastelt Luna an einem Fotoalbum, schneidet Bilder aus Zeitschriften aus und stellt ihre Vorstellung von der perfekten Hochzeit zusammen. Also verwandeln die Männer und ich die Scheune in eine zauberhafte, rustikale Weihnachtsmärchenwelt.

Kurze Zeit später fahre ich mit meinem Lastwagen auf Pops Grundstück und den Weg zur Scheune entlang. Als das Gebäude in Sicht kommt, sehe ich, dass meine Brüder schon da sind. Cain misst und schneidet Holz, gibt die Stücke an Wick weiter, der sie dann in die Scheune trägt.

Ich parke meinen Truck neben ihren Motorrädern, stelle den Motor ab und steige aus. Nachdem ich hinters Auto getreten bin lasse ich die Heckklappe herunter.

Fender kommt auf mich zu. „Hey, Bruder. Brauchst du Hilfe?"

„Ja, nimm die Kisten. Wir müssen heute tonnenweise Lichterketten aufhängen." Ich nehme ein paar Kartons und Fender tut es mir gleich. Als wir die Scheune betreten, blicke ich auf unsere bisherige Arbeit. Rechts von mir steht einer der maßgefertigten Tische, die mein Bruder und Wick gebaut haben. Kiwi schleift und beizt ihn gerade. Auf der anderen Seite der Halle wird gerade der Zwilling dieses Tisches zusammengebaut. Die Trauungszeremonie und der Empfang werden drinnen stattfinden. Mit den beiden Tischen werden lange Tafeln an beiden Seiten des Raumes stehen, sodass in der Mitte ein Gang für Luna bleibt, die zwischen ihnen entlanggehen wird. Ich schaue zum anderen Ende der Scheune und sehe Everest und Pop an der Holzplattform arbeiten, auf der ich stehen und auf meine Braut warten werde.

„Hallo, mein Sohn." Pop winkt mich zu sich.

Ich stelle die Kisten auf den Boden und gehe auf ihn zu. Pop tritt von der Tribüne zurück. „Du hast es immer noch drauf, alter Mann", sage ich und drücke ihm die Hand. Anstatt gemütlich herumzusitzen, muss Pop immer an etwas werkeln. Er hat das Gefühl, dass ihn das Alter einholt, falls er langsamer macht. Beschäftigt zu bleiben, sagt er, hält ihn in Bewegung – hält ihn jung.

„Verdammt richtig, das tue ich. Sie mögen vielleicht verwittert sein", Pop hebt seine schwieligen Hände, die von jahrelanger harter Arbeit gezeichnet sind, „aber sie haben immer noch die Kraft, für meine Familie zu sorgen."

Einen Moment lang herrscht Stille zwischen uns, bevor ich spreche: „Pop." Ich kann nicht anders, ich spüre, wie sich ein Kloß der Rührung in meiner Kehle bildet. „Ich sage es nicht oft genug, aber danke. Ich kann dir nie genug dafür danken, was du in all den Jahren für Cain und mich getan hast. Dass du mir erlaubt hast, die Scheune in Lunas Traumlocation zu verwandeln, kommt auf die Liste der großen und kleinen Dinge, für die ich dir immer dankbar sein werde."

„Halt die Klappe. Nichts zu danken. Du und dein Bruder, ihr seid meine Söhne. Punkt. Mein Blut fließt in euren Adern. Solange dieser Körper noch lebt und atmet, werde ich mich um meine Familie kümmern." Pop tritt ein paar Schritte zur Seite, greift nach seiner Thermoskanne, die auf einem Werkzeugkasten in der Nähe steht, und gießt heißen schwarzen Kaffee in einen Plastikbecher.

„Pop, würdest du bei der Hochzeit als mein zweiter Trauzeuge neben Cain stehen?", frage ich ihn schließlich.

Pops Augen werden feucht, aber getreu seiner Natur vergießt er keine Träne. Er räuspert sich. „Nichts würde mir mehr Freude bereiten. Es wäre mir eine Ehre, mein Sohn."

„Ich nehme an, du hast ihn endlich gefragt." Cain erscheint neben mir. Als ich die Idee mit den beiden Trauzeugen erwähnte, stimmte mein Bruder ohne zu zögern zu.

„Das habe ich."

„Gut", sagt mein Bruder.

„In Ordnung." Pop klatscht in die Hände. „Was haltet ihr davon, wenn ich den Grill anwerfe, ein paar Rippchen grille und wir heute Abend alle hier zu Abend essen?"

„Was sagt ihr, Männer? Pop hat gerade angeboten, uns heute Abend zu bewirten", rufe ich in die Runde, damit es alle hören können. Einer nach dem anderen antwortet mit einem lauten „Scheiße, ja".

Einige Stunden später ist jeder Balken in der Scheune in weiße Lichterketten gehüllt, die wie der Nachthimmel glitzern. Die Männer haben die Tische fertiggestellt, und die Hochglanzlackierung reflektiert den Schein der Lichter von oben. Ich stehe in der Mitte des Gebäudes und betrachte all die harte Arbeit, die mein Club und meine Familie geleistet haben, und ich könnte nicht stolzer sein.

„Oh mein Gott, Luna wird es lieben", ruft die in die Scheune stürmende Piper. „So soll es aussehen, wenn ich mal heirate. Es ist so schön."

„Du hast noch einige Jahre vor dir, bevor du einem jungen Scheißkerl das Jawort gibst, den ich dann wiederum verprügeln muss", brummt Cain, als er hinter ihr die Scheune betritt.

„Daddy, wenn du sesshaft würdest, wärst du vielleicht nicht so an meinem Liebesleben interessiert." Piper verdreht die Augen.

„Du hast besser kein Liebesleben", sagt mein Bruder ernst.

Piper ignoriert ihren Vater und dreht sich zu mir um. „Wie auch immer, Gampy schickt mich, um dir zu sagen, dass Luna und ihr Vater gerade angekommen sind und das Essen fertig ist." Piper kommt auf mich zu und legt ihre Arme um meine Taille. „Die alte Scheune ist wirklich schön, Onkel Abel."

„Danke, Schatz." Ich küsse sie auf den Kopf, bevor sie zu ihrem Vater geht.

„Komm, alter Mann. Lass uns essen, bevor Kiwi alles auffrisst."

„Wen zum Teufel nennst du hier alt?" Cain lacht beim Verlassen der Scheune.

Zurück im Haus treffe ich auf Luna, die mit Pop und ihrem Vater Neil auf der Veranda sitzt. „Wie war dein Tag?", frage ich und küsse sie.

„Er war gut", antwortet Luna.

„Wie geht es unserem kleinen Mädchen?" Ich beuge mich vor und küsse ihren runden Bauch.

Luna lächelt mich an. „Sie ist damit beschäftigt, meine Organe neu zu ordnen." Sie sieht mich erschöpft an.

„Hast du Hunger?", frage ich.

„Ich bin am Verhungern." Luna macht Anstalten, aus dem Schaukelstuhl aufzustehen.

„Bleib sitzen und ruh dich aus. Ich bringe dir etwas zu essen. Was möchtest du gern haben?" Ich schaue sie an.

Luna überlegt kurz, dann zieht sie eine Augenbraue hoch und schaut mich an. „Alles", sagt sie und ich grinse. Ich wende mich an Neil, der neben Pop steht, beide rauchen Zigarren und nippen an einer klaren Flüssigkeit aus einem Einmachglas.

„Neil, wie geht's?"

„Kann mich nicht beklagen." Neil schüttelt mir die Hand.

Ich schaue Pop streng an. „Das ist doch kein schwarzgebrannter Schnaps, den du da mit unserem Freund trinkst, oder?"

„Ich verweigere die Aussage." Pop dreht sich um, geht zu seinem Lieblingsschaukelstuhl und setzt sich.

Es ist dunkel geworden und ich sitze auf der Ladefläche von Pops Truck am Lagerfeuer, Lunas nackte Füße auf meinem Schoß. Das Wetter in Louisiana ist zu dieser Jahreszeit wechselhaft, und heute Abend ist es wärmer als sonst. Piper steckt einen Marshmallow auf einen Stock und hält ihn über die Flammen. „Ich wünschte, es würde schneien."

„Diese alten Knochen freuen sich über warmes Wetter", sagt Pop.

Wicks Handy klingelt und er zieht es aus der Tasche. Sein Gesicht verrät mir, dass mir nicht gefallen wird, was er zu sagen hat, als er das Telefonat beendet. „Das war Josie. Irgendetwas oder irgendjemand hat hinten auf dem Gelände den Alarm ausgelöst."

Scheiße.

Meine Männer stehen auf. Ich rutsche von der Ladefläche des Pickups, helfe Luna, ihre Schuhe anzuziehen und hebe sie auf den Boden.

„Wir sehen uns bald wieder", sage ich nach einem Abschiedskuss auf ihre Stirn.

„Sei vorsichtig", antwortet sie mit einem besorgten Gesichtsausdruck.

Ich wende mich an Pop. „Würdest du die Frauen nach Hause bringen?"

Er erhebt sich vom Liegestuhl. „Na klar. Ihr Männer passt da draußen aufeinander auf."

Die Männer rennen zu ihren Motorrädern und ich setze mich hinter das Lenkrad meines Pickups. Wir lassen die Motoren an und fahren Richtung Clubhaus.

Eine halbe Stunde später passieren wir das Tor zum Clubgelände.

„Wick und Fender, ihr überprüft das Ufer. Everest, du siehst nach den Mädchen und schaust, was du auf den Überwachungsvideos findest. Kiwi und ich gehen zum hinteren Teil des Geländes", weise ich sie an.

Den Befehlen folgend, zerstreuen wir uns.

„Halt die Klappe!" Ich kann ein raues Flüstern hören, gefolgt von einem Geräusch am Maschendrahtzaun. Kiwi und ich zücken unsere Waffen. Etwa sechs Meter vor uns sehen wir auf der anderen Seite des Zaunes einen Mann, der sich über eine weitere Person beugt, in der rechten Hand hält er ein Messer.

Ich trete aus dem Schatten und mache mich bemerkbar. „Keine verdammte Bewegung!" Ich ziele auf den Fremden.

Er reißt den Kopf hoch und seine Augen weiten sich vor Schreck, als er in den Lauf meiner Waffe starrt. Blitzschnell rennt der Wichser davon.

Ein Wimmern lenkt meine Aufmerksamkeit von der flüchtenden Rückseite des erbärmlichen Bastards ab.

Kiwi kniet sich hin und spricht mit dem Opfer auf der anderen Zaunseite. „Er ist weg. Du bist in Sicherheit."

Die Gestalt hebt den Kopf, die Kapuze, die ihr Gesicht bedeckt, rutscht zurück und gibt den Blick auf eine verängstigte junge Frau frei. Ihr tränenüberströmtes Gesicht und die aufgeplatzte Lippe werden im Mondlicht sichtbar.

„Verdammt", zische ich. Ich lege meine Waffe weg, klettere über den Zaun und springe zu ihren Füßen auf den Boden – das Mädchen presst sich mit dem Rücken an den Zaun. „Ich werde dir nichts tun. Wie heißt du, Schätzchen?"

„Dalilah", antwortet sie.

„Ich bin Riggs, und das hier", ich deute auf Kiwi, „ist Kiwi. Bist du okay – irgendwelche Verletzungen?"

Sie schüttelt verneinend den Kopf.

„Hast du jemanden, eine Familie, die wir anrufen können?"

„Ich habe niemanden", sagt sie, und ihre Worte durchdringen mich. „Er hat mir das Einzige gestohlen, was mir von meiner Mutter geblieben ist", flüstert die junge Frau, und ihre Stimme ist voller Traurigkeit.

„Komm mit." Ich stehe auf und halte ihr meine Hand hin.

„Bitte rufen Sie nicht die Polizei", fleht sie.

„Keine Polizei", versichere ich ihr.

Es stellt sich heraus, dass Dalilah aus einer Unterkunft in der Innenstadt kommt. Kurze Zeit später, nachdem Everest jemanden von der Wohngruppe, in der er manchmal ehrenamtlich arbeitet, kontaktiert hat, taucht eine junge Frau auf, um sie zurückzufahren.

„Dalilah und ihre Mutter waren in einem der Heime untergebracht. Die Mutter des armen Mädchens wurde krank und starb sechs Monate später, nachdem bei ihr ein Hirntumor diagnostiziert wurde", erzählt Everest, während wir Dalilah dabei zusehen, wie sie auf den Beifahrersitz des Autos der Betreuerin schlüpft.

„Sieh bitte zu, dass du eine detaillierte Beschreibung ihres Angreifers bekommst. Sie hat auch erwähnt, dass er ihr etwas gestohlen hat. Finde heraus, was es war. Wie die meisten Diebe wird er versuchen, Geld dafür zu bekommen. Vielleicht taucht es irgendwo in einem Pfandhaus auf", sage ich zu Everest, und er nickt.

Als das Auto wegfährt, und ich weiß, dass das Clubhaus sicher ist, mache ich mich aus dem Staub, begierig darauf, zu meiner Frau zu kommen, dankbar, jemanden zu haben, zu dem ich nach Hause kommen kann.

Kapitel 4

Luna

Ich stehe in der Ankunftshalle des Flughafens auf den Zehenspitzen und versuche, durch die Menschenmenge hindurch ein vertrautes Gesicht zu entdecken. Bald reißt der Strom der Passanten ab und die Person, die ich suche, kommt in Sicht. So schnell es meine Füße und mein Bauch zulassen, laufe ich auf meine beste Freundin Jade zu. Als sie mich auf sich zueilen sieht, lächelt sie und ihre Schritte werden schneller.

Wir fallen uns in die Arme und fangen beide an zu weinen. Seit acht Monaten habe ich Jade nicht mehr gesehen. Wir schreiben uns zwar jeden Tag Textnachrichten und führen viele Videotelefonate, aber das ist bei Weitem nicht dasselbe wie ein persönliches Treffen.

„Du hast mir gefehlt." Ich löse mich aus der Umarmung.

„Ich habe dich auch vermisst. Lass dich anschauen. Du bist wunderschön. Die Schwangerschaft steht dir gut", sagt Jade zwinkernd mit einem Blick über meine Schulter, wo Abel steht. Ich muss mich gar nicht umdrehen, um zu wissen, dass mein zukünftiger Mann von einem Ohr zum anderen grinst.

Abel tritt hinter mir hervor und sagt in Gebärdensprache: „Wenn es nach mir ginge, würde ich es zu meiner Lebensaufgabe machen, sie schwanger zu halten, denn meine Frau ist verdammt sexy Mit meinem Baby in ihrem Bauch." Er streckt die Hand aus und nimmt Jade den Koffer ab.

Im Clubhaus angekommen führe ich Jade in eines der Zimmer, denn Abel hat darauf bestanden, dass sie hier wohnt, solange sie in der Stadt ist.

„Ich muss mich noch um ein paar Dinge kümmern." Abel stellt Jades Koffer auf das Fußende des Bettes. „Tequila wird in ein paar Minuten hier sein, um dich in die Stadt zu bringen. Sie musste noch bei Nova vorbei und Piper abholen. Hier", er greift in seine Gesäßtasche, holt sein Portemonnaie heraus und streckt mir eine Kreditkarte entgegen. „Viel Spaß beim Einkaufen, Ladies."

Ich schnappe Abel die Karte aus der Hand und stecke sie in meine Handtasche. Er zieht mich an seine Brust und presst seine Lippen auf meine. Nach diesem verzehrenden Kuss beugt er sich vor und drückt mir einen Kuss auf den Bauch. „Mach deiner Mama heute keinen Ärger.“

Ich werfe einen Blick auf Jade und sehe, dass sie dahinschmilzt. Ich schüttle den Kopf. Mein Mann hat wirklich Wirkung auf Frauen.

„Übertreib es heute nicht. Mach Pausen, trink viel Wasser und lass das Mittagessen nicht ausfallen. Ich habe Tequila strikte Anweisungen gegeben, heute auf dich aufzupassen.“

Ich verdrehe die Augen. „Ich schaffe das schon. Du machst dir zu viele Sorgen.“

„Es ist meine Aufgabe, auf dich aufzupassen, Luna, und ich nehme sie sehr ernst.“ Abel gibt mir einen letzten Kuss, bevor er sich auf dem Absatz umdreht und das Zimmer verlässt.

Ich schüttle den Kopf und wende mich wieder meiner Freundin zu, die sich gerade etwas Luft zufächelt. „Mädchen, so einen Mann muss ich mir auch mal zulegen. Du Glückliche.“

Ich strahle. „Nicht wahr?“

„Ich freue mich so für dich, Luna. Du hast einen guten Mann verdient und das Leben, das du jetzt führst. Ich glaube, ich habe dich noch nie so glücklich gesehen. Ich bemerke die Veränderung in dir."

„Danke, Jade. Ich bin wirklich glücklich. Ich kann es kaum erwarten, Abel zu heiraten und endlich Luna LeBlanc zu sein. Danke, dass du alles stehen und liegen gelassen hast, um an unserem großen Tag hier zu sein. Besonders, weil es so kurz vor Weihnachten ist."

„Ich würde deine Hochzeit um nichts in der Welt verpassen wollen." Jade nimmt meine Hand. „Komm schon. Lass uns gehen. Du musst noch ein Kleid kaufen."

Als Jade und ich die Treppe hinunterkommen, werden wir bereits von Tequila und Piper an der Bar erwartet.

„Luna!" Piper springt vom Hocker, stürmt auf mich zu und umarmt mich. „Das ist so aufregend. Danke, dass du mich heute mitnimmst. Ich kann es kaum erwarten, dich Kleider anprobieren zu sehen. Eine Weihnachtshochzeit", schwärmt Piper.

Zwei Stunden und fünf Kleider später bin ich mit meinem Latein am Ende. Keines der Kleider, die ich anprobiert habe, war *das Kleid*.

„Vielleicht sollten wir woanders hingehen", schlägt Piper vor.

„Wie wär's mit dem hier", sagt die Verkäuferin und hält ein Kleid in der Hand, das aussieht, als käme es direkt aus dem Jahr 1985. Seufzend schließe ich die Augen. In diesem Moment erhebt sich Tequila, die während meiner kleinen Modenschau die meiste Zeit geschwiegen hat.

Jade dolmetscht mir schnell die Worte, die aus Tequilas Mund kommen: „Okay, Lady. Ich glaube, Sie verstehen nicht, was mein Mädchen hier sucht. Kommen Sie." Mit einer Handbewegung fordert Tequila die Verkäuferin auf, ihr zu folgen. „Nichts für ungut, aber wir gehen zurück und ich suche ein Kleid aus. Auf keinen Fall wird sie diesen schrillen Scheiß anziehen." Tequila macht sich auf den Weg durch das Geschäft, während die arme Verkäuferin hinter ihr herläuft.

Bei Tequilas Worten muss ich unwillkürlich losprusten.

Jade dreht sich zu mir um. „Ich mag sie."

„Ja, ich auch", stimme ich zu, sobald ich mein Lachen unter Kontrolle habe.

Wenige Augenblicke später kommt Tequila zurück, und was sie in der Hand hält, lässt mich aufstehen. Ich schnappe nach Luft. „Oh mein Gott. Das Kleid ist wunderschön."

Tequila reicht das Kleid an die Verkäuferin weiter. „Meine Schwester möchte es anprobieren."

Die Frau nickt und ich folge ihr in die Umkleidekabine. Zehn Minuten später habe ich das Kleid fertig angezogen und die Frau, die mir hilft, strahlt. Sie zieht den Vorhang der Umkleidekabine zurück. Ich atme tief durch und gehe nach draußen, wo meine Freundinnen auf mich warten. Als ich vor sie trete, richten sich drei Augenpaare auf mich. Piper schlägt die Hand auf den Mund. Jade sieht aus, als würden ihr die Augen aus dem Kopf fallen, und Tequila grinst selbstgefällig.

Ich habe mich noch nicht gesehen und zögere einen Moment, bevor ich auf das kleine runde Podest vor dem deckenhohen Spiegel trete. Als ich mein Spiegelbild betrachte, bin ich verblüfft. So elegant habe ich mich noch nie gefühlt. Das intensive Rot spiegelt alles wider, was ich fühle: Liebe, Leidenschaft, Kraft und Glück.

Es ist ‚das Kleid'.

Mit meinen Fingern streiche ich über die zarten Spitzenärmel, die meine Arme bedecken. Der Meerjungfrau-Schnitt aus Satin schmiegt sich perfekt an meinen Körper und betont meinen hochschwangeren Bauch, doch als ich mich im Spiegel betrachte, fühle ich mich schöner als je zuvor. Ich drehe mich um, und die Tüllschichten schweben knapp über meinen nackten Füßen. Mit tränenerfülltem Blick schaue ich zu Tequila und sage: „Danke."

Tequila ist keine Frau, die ihr Herz auf der Zunge trägt, aber mir entgeht nicht, dass ihre Augen feucht glitzern, als ich von ihren Lippen lese: „Gern geschehen."

Später am Abend sitze ich am Küchentisch in Abels und meiner Wohnung und trinke eine Tasse Tee, als die Türklingel blinkt. Abel, der mit einem Bier in der Hand am Tresen lehnt, schaut mich an und nickt mir kurz zu. Vor einer Stunde habe ich meinem Vater eine Textnachricht geschrieben und ihn gebeten, vorbeizukommen. Als Neil erfuhr, dass ich seine Tochter bin, schwor er sich, die verlorene Zeit mit mir nachzuholen. Neil lebt in Texas, ist aber vor einem Monat nach New Orleans gereist und wohnt seither im Clubhaus. Er sagte, er wolle nicht riskieren, die Geburt seines ersten Enkelkindes zu verpassen.

Neil ist einfach unglaublich. Zuerst war ich etwas besorgt, meinen Vater kennenzulernen, aber als Abel mir alles erzählte, was er über seinen ehemaligen Commander wusste, fühlte ich mich gleich viel wohler. Unter keinen

Umständen hätte Abel Neil erlaubt, Teil meines Lebens zu sein, wenn er kein großartiger Kerl wäre. Und genau das ist Neil. Wir sind uns sehr nahe gekommen und ich habe sogar angefangen, ihn Dad zu nennen. Ich erinnere mich an das erste Mal, als ich das Wort benutzte und uns beide damit überraschte.

Es war einer seiner Besuche, bei denen alle im Clubhaus herumhingen, und er hatte mir an diesem Tag ein Armband geschenkt. An diesem Armband waren kleine Anhänger. Jeder hatte eine besondere Bedeutung: eine Eistüte, ein Karussellpferd, eine Ballerina und ein Riesenrad. Jedes Mal, wenn mein Vater zu Besuch kam, nahm er mich zu Vater-Tochter-Verabredungen mit. Er wollte all die Dinge nachspielen, die er mit mir hätte machen wollen, wenn er die Gelegenheit gehabt hätte, als ich jünger war. Unser erstes Treffen war in der Eisdiele, unser zweites im Ballett und unser drittes auf dem Jahrmarkt. Ich erinnere mich, wie überwältigt ich war, als ich mein Geschenk auspackte. In diesem Moment wurde mir klar, dass er wirklich mein Dad war.

Nachdem Neil mir das Armband ums Handgelenk gelegt hatte, umarmte ich ihn und gebärdete: „Danke, Dad."

Neil, der einen Gebärdensprachkurs besuchte, verstand mich, und machte keinen

Hehl daraus, dass er vor Rührung zerfloss. Das war einer der bedeutsamsten Momente zwischen meinem Dad und mir.

Der heutige Abend wird ein weiterer Meilenstein sein, denn heute werde ich meinen Dad bitten, mich zum Altar zu führen und mich dem Mann zu übergeben, den ich heiraten werde.

Ich stehe vom Tisch auf und öffne die Tür. Mein Vater lächelt breit und sagt mit den Händen: „Hey, Baby Girl."

Ich lächle zurück. „Hallo Dad." Ich umarme ihn und lasse ihn eintreten. Abel kommt hinzu und die beiden Männer schütteln sich die Hände.

„Willst du ein Bier? Oder einen Kaffee?", frage ich meinen Dad.

„Ein Bier klingt gut."

Ich nicke, gehe zum Kühlschrank, hole eine kalte Flasche und reiche sie meinem Dad. „Wollt ihr euch auf die Terrasse setzen?", frage ich.

Mein Dad und Abel nicken und folgen mir nach draußen. Mein Vater nimmt Platz. Abel tut es ihm gleich und zieht mich auf seinen Schoß.

„Du siehst wunderschön aus, Luna. Wie geht es dir, meine Kleine? Seid ihr beide bereit für das nächste Wochenende?", fragt mein Vater.

Ich reibe mir den Bauch und strahle. „Ich fühle mich großartig. Und ich bin mehr als bereit für die nächste Woche. Ich kann es kaum erwarten, Abel zu heiraten." Während ich das sage, küsst Abel meinen Nacken, sein Bart kitzelt meine Haut.

Ich wende mich wieder meinem Vater zu. „Apropos Hochzeit, deshalb wollte ich, dass du vorbeikommst. Ich möchte dich fragen, ob du mich zum Altar führst." Mit angehaltenem Atem warte ich auf die Antwort meines Vaters.

Er stellt sein Bier auf den Tisch und lehnt sich in seinem Stuhl zurück, den Kopf gesenkt, die Ellbogen auf die Knie gestützt. Seine Reaktion und sein Schweigen beunruhigen mich. Als er den Kopf hebt und ich in seine wässrigen, rot umrandeten Augen blicke, aus denen er mich tief bewegt ansieht, verschwindet meine Nervosität.

Mein Vater und ich stehen gleichzeitig auf, und eine Sekunde später werde ich von seinen starken Armen umschlungen.

Wie er kann auch ich die Gefühle, die in mir aufsteigen, nicht unterdrücken. Jedes kleine Mädchen träumt davon, dass ihr Dad sie eines Tages bei ihrer Hochzeit ihrem künftigen Ehemann übergibt. Ich hätte nie gedacht, dass dieser Traum einmal in Erfüllung gehen würde. Als ich aufwuchs, hätte ich nie gedacht, dass ich einmal das Märchen leben würde, in dem ich mich nun befinde.

Als wir beide unsere Gefühle endlich unter Kontrolle haben, blicke ich in die violetten Augen meines Dads, in denen sich meine eigenen widerspiegeln. „Nichts auf der Welt würde mich glücklicher machen, als dich zum Altar zu führen."

Ich wechsle von den Armen meines Vaters zu Abels, der neben mir steht, und mein Dad wendet sich ihm zu. „Ich bin verdammt stolz, dir meine Tochter anzuvertrauen, Abel." Mein Dad reicht Abel die Hand für einen festen Händedruck.

„Vielen Dank, Sir. Es bedeutet mir sehr viel zu wissen, dass wir deinen Segen haben und dass du für Luna da sein wirst."

„Nichts auf dieser Welt kann mich davon abhalten, mein Sohn."

Später in der Nacht liegen Abel und ich hintereinander in Löffelposition im Bett, der Vollmond scheint durchs Fenster und taucht das Zimmer in ein sanftes Licht. Da stößt er plötzlich von hinten in mich, seine Hüften bewegen sich langsam und gemächlich, während er seinen Schwanz in mich hinein und wieder heraus pumpt. Stöhnend werfe ich den Kopf in den Nacken und genieße das Gefühl, dass er tief in mir steckt. Abels Brust vibriert gegen meinen Rücken und ich spüre, wie er knurrt, als er an der zarten Haut unter meinem Ohr knabbert.

Ich greife nach hinten und fahre mit den Fingern durch sein Haar. Gleichzeitig packt Abel mein Bein und zieht es über seine Hüfte, sodass sein Schwanz tiefer in mich eindringt und jene magische Stelle trifft, die mich aus dem Nichts an den Rand der Ektase katapultiert.

Gerade als ich zu kommen drohe, rutscht A-bel aus mir heraus und rollt sich auf den Rücken. Da ich weiß, was er will, setze ich mich auf ihn, nehme seinen schweren Schwanz in die Hand und führe die Spitze an meinen Eingang. Dann sinke ich langsam nach unten und lasse mich Zentimeter für Zentimeter von ihm ausfüllen. Sobald ich ganz auf ihm sitze, lege ich meine Handflächen auf Abels Brust, während er meine Hüften umfasst, um meine Bewegungen zu lenken.

Es dauert nicht lange, bis ich wieder kurz vor dem Orgasmus stehe. Als Abel nach oben greift, meine vollen Brüste umschließt und meine empfindlichen Brustwarzen leicht zwickt, kann ich mich nicht mehr zurückhalten. Das Gefühl ist zu viel für meinen Körper und in der Sekunde, in der mich die Erlösung packt, werfe ich keuchend den Kopf zurück, während weiße Lichtblitze hinter meinen Lidern tanzen. Mein Orgasmus ist intensiv und durchzuckt meinen ganzen Körper.

Mit einem letzten Stoß nach oben vergräbt sich Abel tief in mir und wir reiten gemeinsam auf der Welle der Euphorie.

Ein paar Minuten später, nachdem Abel und ich uns von unserem Rausch erholt haben, liegen wir uns gegenüber. Meine Augenlider werden schwer, als er träge Kreise auf meinem nackten Oberschenkel zieht. Eine einfache Berührung oder ein Blick in die Augen eines Menschen können so viel sagen. In solchen Momenten stört mich die Stille, die mein Leben umgibt, nicht. Keine Worte sind stärker als die sanfte Berührung des Mannes, der mich liebt, oder bedeutsamer als die Bewunderung in seinen Augen. Mit jedem seiner Atemzüge strömt die Liebe aus jeder Faser von Abels Seele direkt in mein Inneres. In diesem Augenblick kann ich sie spüren. Das Band zwischen uns ist stark und nimmt mich völlig ein. Abel und ich sind unzertrennlich.

Kaum sind Abel und ich durch die Tür des Clubhauses getreten, springt Piper vom

Barhocker und reißt die Arme hoch. Ich lese von ihren Lippen ab, als sie ruft: „Endlich!"

Abel lächelt seine Nichte an. „Entspann dich, Piper. Ich habe dir doch gesagt, dass wir pünktlich hier sein werden."

„Gerade noch rechtzeitig, Onkel Abel. Wir müssen in fünfzehn Minuten im Friseursalon sein. Der Tag muss perfekt werden. Das heißt, wir müssen pünktlich im Salon sein, damit E-mily Luna verwandeln kann."

„Was meinst du damit?", frage ich. „Ich habe keinen Friseurtermin." Ich sehe Piper verwirrt an. „Du hast gesagt, wir machen uns bei Pop fertig."

Piper grinst mich frech an. „Vielleicht habe ich ein bisschen geflunkert."

In diesem Moment kommt Tequila die Treppe heruntergehüpft, Wick folgt ihr auf den Fersen. Dann taucht Jade aus der Küche auf. Immer noch verwirrt wende ich meine Aufmerksamkeit wieder Piper zu. „Was ist hier los?"

„Tequila, Jade und ich haben eine Überra-schung für dich."

„Eine Überraschung?"

Piper nickt begeistert. „Ja. Wir vier haben ei-nen Termin im Spa. Du bekommst das volle Programm: Maniküre, Pediküre, Emily küm-mert sich um dein Make-up, aber vorher bekommst du eine Ganzkörpermassage. Du wirst nach Strich und Faden verwöhnt."

„Meint ihr das ernst?", frage ich verblüfft.

„Natürlich. Und jetzt beeilen wir uns, damit wir nicht zu spät kommen", fügt Tequila hinzu.

„Moment mal", unterbricht Abel alle. „Niemand hat etwas von einer Massage gesagt." Er schaut seine Nichte an, dann wendet er sich an Tequila. „Du hast nichts von einer Massage erzählt."

„Was ist daran so schlimm, Riggs? Ich habe dir doch gesagt, dass wir mit Luna ins Spa gehen. Eine Massage gehört selbstverständlich dazu. Ich dachte, das wüsstest du."

„Und wer zum Teufel gibt diese Massage?" Abel schaut Tequila mit zusammengekniffenen Augen an.

Sie zuckt mit den Schultern. „Marco. Er ist der Beste, den sie haben."

„Marco?" Abels Miene wird mörderisch. „Nur über meine verdammte Leiche. Kein Mann rührt den Körper meiner Frau an, außer mir."

„Aber Onkel Abel", unterbricht Piper. „Marco ..."

Piper schafft es nicht, den Satz zu beenden, bevor Wick sie unterbricht. „Moment mal. Du fährst alle paar Wochen ins Spa. Lässt du dich dort etwa von diesem Marco am ganzen Körper durchrubbeln?", fragt Wick Tequila und sein Gesichtsausdruck verrät mir, dass er nicht begeistert ist.

Tequila schaut Wick verwirrt an. „Ja, verdammt. Wie gesagt, Marco ist der Beste. Seine Hände sind magisch."

Sowohl Abel als auch Wick sehen aus, als würden sie gleich explodieren, während Nova, der hinter der Bar steht und den ganzen Austausch beobachtet, wirkt, als würde er gleich einen Lachkrampf bekommen. Schließlich ergreift er das Wort. „Ihr zwei Brauseköpfe müsst mal abkühlen. Marco ist der Besitzer des Spa. Naja, einer der Besitzer. Marco und seinem *Lebensgefährten* gehört der Laden."

Tequila freut sich sichtlich, dass sie unsere Männer aus dem Konzept gebracht hat.

„Woher zum Teufel weißt du das?" Abel starrt seinen Bruder an.

„Alle Frauen reden über Marco und Sebastian, seit das Spa vor einem halben Jahr eröffnet wurde. Meine Güte, sogar Payton und Josie schwärmen von ihnen."

„Ich wusste gar nicht, dass du dich so für Maniküre und all den anderen Mädchenkram interessierst", neckt Wick Nova.

Nova schnippt einen Flaschenverschluss quer durch den Raum zu Wick. „Ich habe eine

Tochter, Arschloch. Ich passe auf, wo sie hingeht und mit wem sie sich trifft. Ich habe sogar Marco und Sebastian kennengelernt. Das sind nette Menschen."

„Also, sind wir hier fertig, Gentlemen? Oder wollt ihr euch noch länger auf der Brust herumtrommeln und uns mit euren Testosteronschwaden ersticken?" Tequila verdreht die Augen.

„In Ordnung", stimmt Abel schließlich zu, sieht aber immer noch nicht besonders glücklich aus. Dann wendet er sich zu mir: „Viel Spaß mit den Mädels und wir sehen uns später vor dem Altar."

„Ich kann es kaum erwarten." Ich stelle mich auf die Zehenspitzen und gebe ihm einen Kuss.

„*Vivacious Vayda! Hola, Chica*!" Jade übersetzt für mich, was der breit lächelnde Mann sagt, als wir zu viert das Spa betreten. Er ist etwa einen Meter achtzig groß, hat dunkelbraune Haare, trägt enge Röhrenjeans, ein smaragdgrünes Langarmhemd und eine weiße Fliege mit Weihnachtsbäumen darauf.

„Hallo Marco. Wie geht es dir?"

„In meiner Welt läuft alles wunderbar, Schätzchen. Oh, hallo, Prinzessin Piper."

„Hallo, Marco", sagt Piper. Dann sieht sie mich an. „Marco, das ist …"

Piper will mich vorstellen, wird aber unterbrochen, als Marco auf mich zukommt und meine beiden Hände in seine nimmt. „Strahlende Luna. Du bist ja mal ein wunderschönes Geschöpf!"

Ich spüre, wie sich meine Wangen von Marcos Kompliment erwärmen. „Danke", antworte ich.

„Ich sage nur die Wahrheit, Süße. Ich habe gehört, dass du heute einen großen Tag hast."

Ich nicke.

„Tja, dann müssen wir auf die ohnehin schon perfekte Leinwand noch ein bisschen Glitzer auftragen. Warte nur, bis Sebastian diese wunderschönen Haare sieht. Er wird begeistert sein. Aber zuerst müssen wir Emily an deine Nägel setzen. Wenn sie fertig ist, werden meine magischen Finger dich in den Schlaf wiegen, bevor ich dich an Sebastian weiterreiche, der dann das Vergnügen haben wird, sich deinen schönen Kopf vorzunehmen."

Vier Stunden später fühle ich mich so verwöhnt wie noch nie zuvor. Ich muss zugeben, Tequila hat Recht. Marco hat magische Hände. So magisch, dass ich zehn Minuten nach Beginn der Massage eingeschlafen bin. Als ich eine Stunde später aufwachte, saß Marco auf einem Stuhl neben der Massageliege und blätterte in einer Zeitschrift. Er hat mich sozusagen in den Schlaf gewiegt und dann gewartet, bis ich aus dem besten Nickerchen meines Lebens wieder erwacht bin. Und nicht nur das: Als ich aufwachte, war das Mittagessen für alle geliefert worden – eine goldige Überraschung von Abel. Er hat das Essen von meinem Lieblingsrestaurant liefern lassen. Ich hatte eine Muffuletta, eine Sandwich-Spezialität aus New Orleans, und zum Nachtisch Bananas Foster, eine Süßspeise aus flambierten Bananen. Mit dem Essen wurde eine Karte von meinem Mann geliefert, auf der stand:

Wir sehen uns am Altar, Mon Trésor.

Als die Mädchen und ich uns zum Aufbruch bereit machen, wende ich mich an Marco und gebe ihm ein Zeichen. Jade tritt neben uns und dolmetscht für Marco, was ich ihm sagen will.

„Danke für diesen tollen Tag. Ich fühle mich so schön."

„Es war mir ein Vergnügen, strahlende Luna. Es ist ein Privileg für mich, an deinem großen Tag dabei gewesen zu sein. Und ich erwarte, dass wir uns hier wiedersehen. Ich habe für dich einen festen Termin am fünfzehnten eines jeden Monats reserviert."

„Ich werde da sein." Marco umarmt mich lächelnd. Dann verabschiedet er sich von den Mädels.

„Das war eines der schönsten Geschenke, die ich je bekommen habe. Danke, dass ihr mir diesen Tag geschenkt habt", sage ich zu Tequila und Piper, als wir im SUV sitzen und zu Pops Haus fahren.

„Gern geschehen, Luna", sagt Piper. „Solche Tage wie heute hast du dir regelmäßig verdient."

Jade, die neben mir auf dem Rücksitz sitzt, fügt hinzu: „Du hast tolle Freunde, Luna."

Ich lächle. „Das sind nicht nur Freunde, das ist Familie. Das finde ich auch. Sie sind wirklich toll."

Als wir bei Pop ankommen, sehe ich einige der mir bekannten Motorräder und Pickups in der Einfahrt stehen. Tequila fährt hinter Pops Pickup und parkt. Sie dreht sich zu Jade und mir um und sagt: „Keine Sorge, wir haben Abel strikte Anweisung gegeben, sich rar zu machen, bevor wir hier ankommen, damit er dich nicht sieht, bevor es soweit ist."

Gott sei Dank. Vor ein paar Tagen hatten die Mädchen erwähnt, dass wir in der Nacht vor der Hochzeit getrennt schlafen sollten, damit er mich nicht sieht, bevor wir uns das Jawort geben, aber das war ein Plan, den Abel rundweg abgelehnt hat. Er sagte, er wäre mit fast allem einverstanden, aber auch nur eine Nacht getrennt zu verbringen, käme nicht in Frage.

Jade und Piper waren etwas enttäuscht, denn sie wollten einen Mädelsabend veranstalten. Ich hingegen war derselben Ansicht wie Abel. Ich wollte keine Nacht ohne meinen Mann verbringen. Abel ist mein Zuhause. Ohne ihn könnte ich nicht zur Ruhe kommen.

Die Beifahrertür öffnet sich und das reißt mich aus meinen Gedanken. Ein strahlendes Lächeln breitet sich auf meinem Gesicht aus, als ich meinen Vater dort stehen sehe. „Hey, Baby Girl."

„Hallo, Dad." Ich ergreife die ausgestreckte Hand meines Vaters, als er mir aus dem Auto hilft. Ich lasse seine Hand nicht los, als er mich die Einfahrt und die Stufen zur Veranda hinaufführt.

„Ich bin gekommen, um euch zu sagen, dass alles bereit ist. Die Jungs bahnen sich gerade ihren Weg durch das Feld auf der Rückseite des Grundstücks und kehren zum Clubhaus zurück, um sich fertig zu machen. Ich selbst werde mich jetzt auch auf den Weg machen. Ich wollte nur meine Tochter sehen und sie in den Arm nehmen."

„Ich liebe dich, Dad." Ich umarme ihn.

„Ich liebe dich auch, Luna. Wir sehen uns gleich."

Eine Stunde später stehe ich vor dem Spiegel, als Jade hinter mir auftaucht und mir den Schleier aufsetzt. Der Schleier hat die gleiche dunkelrote Farbe wie mein Kleid und reicht bis zu meiner Taille. Die Farbe passt perfekt zu meinen Haaren. Da ich weiß, dass Abel es vorzieht, wenn ich mein Haar offen trage, habe ich Sebastian gebeten, es schlicht zu frisieren. Mein langes Haar ist zu einem wunderschönen Fischgräten-Zopf geflochten, der mir bis zur Mitte des Rückens herunterhängt und mit zartem, weißem Schleierkraut geschmückt ist. Ich habe mein Make-up dezent gehalten, mit einem schimmernden nudefarbenen Lidschatten, der meine violetten Augen betont, einem zartrosa Rouge und einem roten Lippenstift, der zu meinem Kleid passt, wobei die kräftige Farbe einen starken Kontrast zu meiner blassen Haut bildet.

Als ich Jades Reflektion im Spiegel sehe, merke ich, dass ihr die Tränen in die Augen steigen. Ich drehe mich zu meiner Freundin um. „Wenn du anfängst zu weinen, fange ich

auch an, und ich will mein Make-up nicht rui-
nieren.“

Jade blinzelt schnell und fächelt sich Luft zu. „Ich kann nicht anders. Du bist einfach so schön.“

„Danke. Ich kann kaum glauben, dass ich das bin.“ Ich drehe mich wieder um und sehe mich noch einmal an. „Ich habe so oft von diesem Tag geträumt. Ich kann nicht glauben, dass es endlich soweit ist und ich Abel heiraten werde. Ich kann dir gar nicht sagen, wie oft ich mich gekniffen habe, weil ich dachte, ich würde eines Tages aufwachen und feststellen, dass das alles nur ein Traum war.“

„Das ist kein Traum, Luna. Das ist das Leben, das Gott dir gegeben hat, weil du es verdienst. Du verdienst einen Mann wie Abel, die wun-derbare Familie, die dich in ihre Reihen aufge-nommen hat, und das kleine Mädchen, das du und Abel bald zur Welt bringen werdet. Ich meine es ernst, wenn ich sage, dass es nieman-den gibt, der dieses Leben mehr verdient als du.“

Ich kann mich nicht länger beherrschen und umarme meine beste Freundin.

Eine Minute stehen wir so da, dann richtet sich ihre Aufmerksamkeit auf etwas anderes. „Da ist jemand an der Tür“, sagt sie, und wir lösen uns voneinander, damit sie die Tür öffnen kann.

Mein Vater steht vor uns und sieht in seinem schwarzen Anzug und dem schwarzen Samtjackett sehr elegant aus.

„Wow, Baby Girl. Du siehst umwerfend aus." Mein Vater betritt den Raum und ich fühle mich wie eine Prinzessin. Er nimmt meine Hand in seine und fordert mich auf, mich ein Mal im Kreis zu drehen. „So etwas Schönes habe ich in meinem ganzen Leben noch nicht gesehen. Du bist einfach traumhaft, Luna."

Ich erröte bei dem Kompliment meines Vaters. „Danke."

„Ich hatte gehofft, vor der Zeremonie noch mit dir reden zu können."

„Klar." Ich sehe Jade an.

„Ich sehe mal nach, ob jemand Hilfe bei dem letzten Feinschliff braucht." Jade schenkt mir ein letztes Lächeln, bevor sie den Raum verlässt.

Ich wende meine Aufmerksamkeit wieder meinem Vater zu. „Ist alles in Ordnung?"

„Ja. Natürlich. Ich wollte dir nur etwas geben." Mein Vater greift in seine Anzugtasche und holt eine schwarze Samtschachtel heraus. Er hält sie vor uns, öffnet sie, und ich erschrecke. In dem Kästchen liegt ein Paar eleganter, tropfenförmiger Diamantohrringe. „Sie gehörten meiner Urgroßmutter, die sie meiner Großmutter gab, die sie meiner Mutter an ihrem Hochzeitstag schenkte. Und jetzt gebe ich sie dir. Ich war ein Einzelkind und meine Mutter gab sie deshalb mir. Sie sagte, wenn ich einmal eine Tochter hätte, sollte ich die Tradition weiterführen. Ich habe diese Ohrringe über dreißig Jahre lang aufbewahrt. Ich hätte nie gedacht, dass ich einmal eine Tochter haben würde, und nichts würde mich glücklicher machen, als wenn du den Schmuck an diesem besonderen Tag trägst."

Ich schlucke den Kloß im Hals hinunter, hebe zitternd die Hand und berühre mit der Fingerspitze einen der zarten Diamanten. „Es wäre mir eine Ehre, ein solches Erbstück zu tragen", sage ich zu meinem Vater.

„Darf ich sie dir anlegen?", fragt er. Ich nicke und wische mir die Tränen weg, die mir über die Wangen gelaufen sind. Ich drehe mich zum Spiegel und beobachte, wie mein Dad die Diamanten in meinen Ohrlöchern platziert. Als sie an ihrem Platz sind, kann ich nicht anders, als mein Spiegelbild anzustarren und diesen Moment zwischen Vater und Tochter auf mich wirken zu lassen. Ich möchte diese Erinnerung in meine Seele aufnehmen und keine Sekunde davon vergessen. So kann ich in vielen Jahren, wenn ich die gleiche

Tradition an meine Tochter weitergebe, von den heutigen Ereignissen erzählen.

Eine Sekunde später sehe ich aus dem Augenwinkel eine Bewegung, als Jade, Tequila und Piper den Raum betreten. Alle drei tragen ihre Brautjungfernkleider. Die Kleider, die ich ausgesucht habe, sind smaragdgrün, haben eine A-Linie und V-Ausschnitte, sind bodenlang, aus Chiffon und besitzen vorne einen Schlitz.

„Es ist soweit", verkündet Piper.

Mein Vater drückt meine Hand. „Bist du bereit, Baby Girl?"

„Mehr als bereit."

Die Fahrt zum Ort des Geschehens ist kurz. Es stellt sich heraus, dass wir Pops Grundstück nicht einmal verlassen haben. Es wird das erste Mal sein, dass ich die Hochzeitslocation sehe, denn Abel wollte, dass es eine Überraschung wird.

Fünf Minuten nach Verlassen des Hauses hält der SUV wenige Meter vor einer Scheune. Der Außenbereich ist mit Tannengirlanden und Lichtern geschmückt, die glitzern und leuchten und mich an Glühwürmchen erinnern.

Die für New Orlreans ungewöhnlich kalte Luft prickelt auf meiner Haut, als ich aus dem SUV steige. Piper eilt zu mir, um mir zu helfen, mein Kleid zu richten und den Schleier zurechtzurücken. Zu meinen Füßen befindet sich ein weißer Teppich, der den Weg zu den verschlossenen Scheunentoren weist.

Mein Vater nimmt seinen Platz an meiner Seite ein, während sich alle anderen vor uns aufstellen. An der Spitze der Prozession begleitet Pop meine Trauzeugin Jade. Hinter ihnen steht Nova, der Piper begleitet, und direkt vor mir stehen Wick und Tequila. Wick schaut über seine Schulter und zwinkert mir zu, was mich zum Lächeln bringt.

Einen Moment später öffnen sich die Scheunentore und geben den Blick frei auf eine Szenerie, die ich nur mit einem Wort beschreiben kann. Magisch.

Kapitel 5

Riggs

Nacheinander schreitet die Hochzeitsgesellschaft den Gang entlang. Meine Brüder und ich haben unsere Kutten zu Hause gelassen. Ich trage einen schwarzen Anzug mit roter Krawatte, weil meine Frau sich dies zur Hochzeit gewünscht hat. Rechts von mir stellen sich meine Trauzeugen Cain und Pop auf. Neben ihnen reihen sich meine anderen Männer, Wick, Kiwi und Everest auf. Zu meiner Linken steht Fender als Standesbeamter.

Ich lasse meinen Blick über die Menge schweifen, die sich versammelt hat, um heute mit uns zu feiern, und schaue in die Gesichter all der Menschen, die in unserem Leben wichtig sind. Auch wenn es nur wenige sind, es sind die Gesichter von Freunden und Familie, die am meisten zählen.

Als sich die Scheunentore in Erwartung des großen Auftritts meiner Braut schließen, überkommt mich eine tiefe Ruhe.

Alle anderen Gedanken hören auf zu existieren.

Durchatmen.

All die Vorbereitungen und Planungen, die zu diesem Tag geführt haben, hätten mich niemals auf die überwältigenden Gefühle vorbereiten können, die in diesem Moment durch meinen Körper strömen. Von dem Moment an, als ich Luna zum ersten Mal sah, wusste ich, dass sie die Meine ist. Wir haben auf unserem Lebensweg so viel gemeinsam überwunden. Diese Erlebnisse haben uns zu diesem entscheidenden Moment geführt. Alles, was ich an Luna liebe, schießt mir durch den Kopf, als sich die Scheunentore öffnen und meine Frau und die Mutter meines ungeborenen Kindes in Erscheinung tritt.

Ich suche nach den richtigen Worten, um auszudrücken, wie schön Luna ist, aber sie entgleiten mir, als sie mit ihrem Vater im Schein der Weihnachtsbeleuchtung, die von oben auf sie herabscheint, dasteht.

Alle stehen still, als die Töne von *Turning Page* beginnen. Mit jedem langsamen Schritt, den Luna auf mich zukommt, nehme ich sie in mich auf, verschlinge sie mit meinen Blicken. Ihr goldenes Haar fällt ihr in einem lockeren Zopf über den Rücken, und ihr rotes Kleid zeigt, wie sich ihr Körper verändert hat, um unser kleines Mädchen auszutragen. Meine Braut strahlt vor Liebe und Leben. Luna ist die Definition von Schönheit – innerlich und äußerlich.

Meine Frau lächelt mich an und ich bin überglücklich. Meine Zukunft ist zum Greifen nah und ich liebe Luna so sehr, dass es beinahe wehtut.

Luna und ihr Vater bleiben einige Schritte vor dem Altar stehen. Neil dreht sich zu seiner Tochter um und hebt ihren Schleier. Die beiden haben in der kurzen Zeit, in der sie sich kennen, riesige Fortschritte gemacht. Ich habe in den letzten Monaten beobachtet, wie ihre Vater-Tochter-Beziehung gewachsen ist und weiterhin gedeiht. Es macht mich froh, meine Frau so glücklich zu sehen, und Gott steh mir bei, ich werde dafür kämpfen, dass das für den Rest unseres Lebens so bleibt.

Neil schaut seine Tochter liebevoll an und gebärdet: „Ich bin gesegnet, dich in meinem Leben zu haben, und ich bin so dankbar, dass du mir heute die Ehre erweist, dich einem guten und treuen Mann zu übergeben.“

Neil beugt sich vor und gibt ihr einen Kuss auf die Wange. „Ich liebe dich", sagt er.

„Ich liebe dich auch", antwortet Luna.

Neil sieht mich an und legt Lunas Hand in meine. „Es ist nicht üblich, eine kleine Rede zu halten, bevor man die Braut übergibt, aber ich habe etwas zu sagen." Neil sieht mich an und ich nicke ihm zu, dass er fortfahren soll.

„Riggs, wenn du nicht gewesen wärst, gäbe es meine Tochter heute nicht in meinem Leben. Dafür bin ich dir ewig dankbar. Ich übergebe dir Luna heute nicht wirklich", er hält kurz inne, „weil sie bereits die Deine ist. Ich brauche dir nicht zu sagen, dass du dich um sie kümmern sollst, denn das tust du bereits. Ich übergebe dir meine Tochter nicht, stattdessen lege ich ihre Hand in deine und sage dir als ihr Vater: Danke, dass deine Liebe zu ihr so unbeschreiblich stark ist, dass man es nicht in Worte fassen kann.".

Er streckt mir seine Hand entgegen, und ich schüttele sie.

Dann tritt er beiseite und gesellt sich zu unserer Familie und unseren Freunden an den Tischen.

Lunas Blick trifft meinen, als ich sie auf die kleine Bühne führe. Ich schaue sie noch einmal an, fasziniert von ihrer Schönheit. Ich kann nicht widerstehen, nehme ihr Gesicht in meine

Handflächen und drücke meine Lippen auf ihre.

„Bruder, ich glaube, der Kuss kommt erst, nachdem du ja gesagt hast", gebärdet Fender kichernd und ich spüre, wie Luna an meinen Lippen lächelt. Seit Luna in mein Leben getreten ist, haben meine Männer begonnen, Gebärdensprache zu lernen. Die Fähigkeit, miteinander zu kommunizieren, ist entscheidend für ihre Sicherheit. Dass meine Brüder bereit sind, diesen Schritt zu gehen, damit Luna sich zugehörig und sicher fühlt, ist ein starkes Zeichen ihrer Loyalität gegenüber dem Club und untereinander.

Ich ziehe mich zurück und schaue meiner großen Liebe tief in die Augen. „Du siehst wunderschön aus, *Mon Trésor*."

„Und du, mein zukünftiger Ehemann, bist ausgesprochen attraktiv", sagt sie.

Fender räuspert sich. „Sollen wir anfangen?"

Luna dreht sich zu ihrer besten Freundin um und gibt ihr den Strauß roter Rosen, den sie in der Hand hält.

Sie dreht sich wieder zu mir, und wir reichen uns die Hände, während Fender mit seiner offiziellen Rede beginnt. „Wir sind heute hier versammelt, um die Liebe zu feiern, die Abel und Luna verbindet. Ihre Verbindung ist ein Symbol für den weiten Weg, den sie in ihrem

Leben zurückgelegt haben, um dorthin zu gelangen, wo sie heute stehen, und für das Versprechen, das sie sich gegenseitig gegeben haben, um sich weiterhin gemeinsam den Herausforderungen dieser Welt und des Lebens zu stellen." Fender räuspert sich erneut und fährt fort: „Nachdem dies gesagt ist, möchte unser Paar die Gelübde verlesen, die sie füreinander geschrieben haben."

Ich atme tief durch und bereite mich darauf vor, zu übersetzen, was Luna in Gebärdensprache sagt. „Abel, dank dir lebe ich ein glückliches Leben. Ich kann lachen, weinen, träumen und ich selbst sein, wenn ich mit dir zusammen bin. Du hast mir gezeigt, was wahre Liebe ist und was Schönheit bedeutet. Kein Tag vergeht, an dem ich mich nicht verwöhnt fühle. Das hast du mir geschenkt und noch so viel mehr." Meine Stimme versagt. Ich halte inne und sammle mich.

Plötzlich ergreift mein Bruder Cain das Wort und übersetzt Lunas Gelübde, während sie fortfährt. „Ich gelobe, deine Geliebte, deine beste Freundin und deine Vertraute zu sein. Ich verspreche, deine größter Unterstützerin zu sein und an deiner Seite zu stehen, während wir gemeinsam durchs Leben gehen. Deine Liebe ist leidenschaftlich und aufrichtig."

Fender reicht Luna einen goldenen Ehering. Sie schiebt ihn über meinen Finger, während ihr Blick den meinen sucht. Mir stockt der Atem, als ihre sanfte Stimme erklingt. „Abel LeBlanc, ich nehme dich zu meinem Ehemann, heute, morgen und in alle Ewigkeit."

Tränen sammeln sich in den Augen meiner Braut, dann kullern sie über ihre Wangen herab, und falls das überhaupt möglich ist, verliebe ich mich in diesem Moment noch mehr in sie.

Ich schlucke den Kloß im Hals hinunter, strecke meine Hand aus, wische ihr eine Träne von der Wange und sage: „Ich wusste nicht, dass mein Leben unvollständig war, bis ich dich sah. Du hast das Beste in mir zum Vorschein gebracht. Ich verspreche dir, dass meine Liebe zu dir nie nachlassen wird. Du schenkst mir eine Liebe, für die es sich zu kämpfen lohnt – eine Liebe, für die ich in den Krieg ziehen würde. Mein Leben und alles, was ich habe, gehört dir, *Mon Trésor*. Du liebst mich bedingungslos – ohne Furcht. Du bist mein Schutz und mein Zuhause." Ich lege meine Hand auf ihren Bauch. „Das Leben, das in deinem Bauch heranwächst, ist ein Symbol für die Liebe, die wir teilen, und das größte Geschenk, das du mir je machen könntest. Ich bin des Lichtes, das du in mein Leben bringst, nicht würdig, aber ich habe vor, mich bis an mein Lebensende in seiner Wärme zu sonnen. Ich verspreche, mit dir unter den Sternen zu tanzen und dich auf meinem Motorrad zu Sonntagsausflügen mitzunehmen. Ich will, dass wir zusammen alt werden, in Schaukelstühlen sitzen und Händchen halten, während wir den Sonnenuntergang über dem Bayou beobachten. Du bist meinee Seelenverwandte, der Mensch, den Gott nur für mich geschaffen hat. *Mo limn Twa.* Ich liebe dich."

Ich drehe mich um, nehme Lunas Ehering, den Pop mir reicht, und stecke ihn an ihren zarten Finger.

Eine Welle der Stille legt sich über den Raum. „Verdammt. Es gibt nicht viel zu sagen, außer: Prez, küss deine Old Lady!", ruft Fender und alle brechen in Applaus und Jubel aus.

Ich ziehe meine Frau an mich, ihre Hände gleiten unter mein Jackett. „Deine Liebe ist der Atem in meinen Lungen, *Mon Trésor*", sage ich und küsse sie zum ersten Mal als meine Ehefrau.

Die Nacht ist hereingebrochen und mit ihr ist die Außentemperatur merklich gesunken. Zum Glück haben wir vorgesorgt und in der Scheune Heizstrahler aufgestellt, die das

Innere warm halten. Während wir Männer beisammen sitzen, beobachte ich Luna auf der anderen Seite der Scheune, wie sie über etwas, das Tequila sagt, lacht und dabei ihre Füße ausruht. Ich schaue mich um und bemerke all die zusätzlichen Dekoobjekte, mit denen die Frauen die Scheune geschmückt haben, um Lunas Traumhochzeit wahr werden zu lassen. Rote Rosen und Kerzen säumen die Mitte der beiden Tische, brennende Laternen erzeugen im Schein der überall aufgehängten Weihnachtslichter eine stimmungsvolle und warme Atmosphäre.

„Hört mal her." Mein Bruder kommt auf uns zu, in seinen Händen hält er eine Flasche Jack und mehrere Schnapsgläser. Jeder von uns nimmt sich ein Glas und Cain schenkt die bernsteinfarbene Flüssigkeit bis zum Rand ein.

Er hebt das Glas in die Höhe. „Auf unseren Prez. Möge dein Tank immer voll und der Himmel immer sonnig sein."

Wick, Fender, Kiwi, Nova, Everest, Pop und Neil heben ihre Gläser, und ich schließe mich ihnen an, dann kippen wir die Shots hinunter – die würzige, rauchige Flüssigkeit fühlt sich warm an, als sie durch meine Kehle rinnt.

„Alles bereit?", frage ich Everest, der draußen die Lautsprecher für meinen und Lunas ersten Tanz aufgebaut hat.

Er nickt mir zu, ich durchquere den Raum und nehme meine Frau bei der Hand. „Tanz mit mir", gebärde ich und führe sie durch die Scheunentore, die Wick geöffnet hat, nach draußen. Wir treten unter einen Baldachin aus weißen Lichtern, die über einer kleinen Pergola aufgereiht sind, die wir Männer gebaut haben. An Lunas strahlendem Gesicht und ihrem Lächeln erkenne ich, dass es ihr gefällt.

„Ich liebe es. Ich liebe alles an diesem Tag. Ihr habt meine Traumhochzeit wahr gemacht. Danke", gibt sie mir zu verstehen.

Die kalte Nachtluft lässt Luna frösteln. Ich ziehe meine Jacke aus und halte sie ihr hin, damit sie sie über ihre Arme streifen kann. Das Jackett ist ihr viel zu groß, was mich kichern lässt.

Unsere Freunde und Familie stehen um uns herum und beobachten uns. Als die Melodie von *Tennessee Whiskey* anfängt und ich einen Teil des Textes mitsinge, werden Lunas Augen wieder feucht. Ich ziehe sie an mich und sie legt ihr Ohr an meine Brust. Wie bei unserem allerersten Tanz singe ich für sie, damit sie die Vibrationen des Liedes spürt. Wir wiegen uns zu den Klängen der Musik, während sich unsere Füße langsam über den staubigen Tanzboden bewegen. Mitten in unserem ersten Tanz als Ehefrau und Ehemann trifft etwas Kaltes und Nasses mein Gesicht. Ich lege den Kopf in den Nacken und schaue in den Nachthimmel.

Schnee.

Es schneit an unserem Hochzeitstag, in Louisiana, an Heiligabend. Luna hebt den Kopf und schaut nach oben, um zu sehen, warum ich stehen geblieben bin. Ihre Augen werden groß, als sie die Schneeflocken um uns herum schweben sieht. Ich wirble sie herum und genieße das Glück, das sie ausstrahlt, während wir zu unserem Lied tanzen.

Es dauert nicht lange, bis die Party zu Ende ist und wir uns alle im Haus versammelt haben. Ich habe meinen Anzug gegen Jeans, Stiefel, ein schwarzes Henley-Shirt und meine Kutte getauscht.

Während ich darauf warte, dass Luna ihr Hochzeitskleid auszieht, kommt Wick auf mich zu. „Wir haben es weit gebracht, Bruder. Wir haben beide geheiratet. Du stehst kurz davor, ein Dad zu werden. In kurzer Zeit hat sich so viel verändert."

„Ich kann mir nicht vorstellen, dass mein Leben noch besser werden könnte." Dann denke ich daran, ein Dad zu werden, und eine nervöse Aufregung macht sich in mir breit. Ich habe mich nie wirklich als einen Vater gesehen. Das Leben, das ich früher führte, schien mir nicht geeignet, um diesen Gedanken zu verfolgen. Mit einer Frau sesshaft zu werden und eine Familie zu gründen, war etwas, von dem ich nie dachte, dass ich es erleben würde, bis ich Luna traf.

„Hast du heute unsere Reisetaschen ins Hotel gebracht?", frage ich Wick, gerade als Luna in kniehohen Stiefeln, schwarzen Leggings, einem roten Pullover und einem langen cremefarbenen Mantel nach draußen kommt.

„Alles erledigt, Bruder." Wick klopft mir auf die Schulter.

„Fertig?", frage ich meine Frau.

„Verrätst du mir immer noch nicht, wohin wir fahren?" Sie gestikuliert und lächelt mich dabei an.

Ich nehme ihre Hand und wir verlassen die Veranda. Meine Männer und meine Familie versammeln sich in der Einfahrt. Meine Brüder sitzen auf ihren Motorrädern und lassen die Motoren aufheulen, die Scheinwerfer beleuchten den Weg zu meinem Pickup, an dessen Heckklappe ein Banner mit der Aufschrift *Just Married* angebracht ist.

Nach einer kurzen Verabschiedung hebe ich Luna in die Fahrerkabine meines Pickups, schnalle sie an, setze mich ans Steuer und fahre von Pops Haus weg. Im Hintergrund höre ich das Dröhnen der Harley-Motoren und sehe im Rückspiegel unsere Freunde und Familie winken.

Ich suche den Körperkontakt zu meiner Frau, strecke meine Hand aus und lege sie auf ihren Oberschenkel, während wir still auf die Lichter der Innenstadt von New Orleans zufahren.

Ich merke, wie Luna mich ansieht, als wir vor dem Roosevelt Hotel halten. Ich dachte, es wäre der perfekte Ort für unsere Hochzeitsnacht, da das Hotel für seine überbordende Weihnachtsdekoration bekannt ist. Ich steige aus, werfe dem Parkservice meine Schlüssel zu und helfe meiner Frau beim Aussteigen.

„Es sind so viele Lichter." Luna strahlt, als sie die Dekoration in der Hotellobby betrachtet.

Ich gehe zur Rezeption, um einzuchecken und unsere Schlüsselkarte zu holen. „Ihre Suite ist bereit, Mr. LeBlanc", sagt der Rezeptionist und schiebt die Karte über den Tresen. „Ihr Transportmittel wartet draußen, wenn Sie soweit sind."

Luna wirft mir einen fragenden Blick zu, bevor wir mit dem Aufzug in die oberste Etage fahren. Ich hatte Glück, dass ich trotz Weihnachtszeit überhaupt noch eine Reservierung bekommen habe. Da es eine Last-Minute-

Buchung war und es nur noch ein einziges freies Zimmer im Hotel gab, werden wir die Nacht in der Präsidentensuite verbringen. Als ich die Tür öffne und wir die Räumlichkeiten betreten, zeigt sich, dass die Suite jeden Cent wert ist.

Luna schaut sich um und entdeckt unsere Reisetaschen, die auf dem Sofa in der Nähe stehen. Dann geht sie zu einem der großen Fenster mit Blick auf die Stadt, hält kurz inne und dreht sich zu mir um. „Ich kann immer noch nicht glauben, dass du das alles für mich getan hast."

„Die Nacht ist noch nicht vorbei." Ich beuge mich vor und küsse sie auf ihren Hals, woraufhin sie aufstöhnt.

Sie weicht zurück. „Es gibt noch mehr?"

Als sie Anstalten macht, ihren Mantel auszuziehen, stoppe ich sie. „Den wirst du brauchen." Ich lächle und nehme sie wieder bei der Hand.

„Wir sind gerade erst angekommen", scherzt Luna und lässt sich von mir aus dem Zimmer und aus dem Hotel führen, wo eine mit Tannengirlanden und roten Schleifen geschmückte Kutsche am Straßenrand auf uns wartet. Ich möchte, dass Luna Weihnachten so erlebt, wie sie es noch nie erlebt hat, und ihr den schönsten Tag ihres Lebens schenken.

„Im Ernst?"

Ihre Begeisterung ist ansteckend. „Ich habe versprochen, dass ich mit dir die Lichter im Stadtpark anschauen gehe."

Ich helfe Luna in die Kutsche und steige nach ihr ein. „Ich habe den restlichen Abend verplant. Wenn du nicht zu müde bist."

Luna gebärdet schnell: „Nein, mir geht es gut. Lass uns gehen."

Die nächsten Stunden verbringen wir damit, durch den Stadtpark zu schlendern und die unzähligen Lichter zu bewundern. Wegen ihrer Schwangerschaft haben wir das Riesenrad und das Karussell gemieden, aber sie hat es genossen, die kleinen Kinder mit ihren Familien zu beobachten, die sich dort vergnügten, und sie freut sich bereits auf den Tag, an dem wir unsere Tochter mit hierherbringen können. Wir haben uns mit Corndogs, Würstchen in einer frittierten Maisteighülle, und Kakao gestärkt und ich habe ihr sogar den Gefallen getan, unterwegs ein paar Fotos zu machen.

Auf der Kutschfahrt zurück zum Hotel kuschelt sich Luna ganz eng an meine Seite. Obwohl der Schnee nicht lange liegen geblieben ist und der weiße Puderüberzug beinahe so schnell schmolz, wie er gekommen war, ist die Nachtluft kälter als zu Beginn unseres kleinen Ausflugs.

Oben in unserer Suite erwarten uns auf dem Couchtich im Wohnzimmer Apfelcidre für die werdende Mutter und mit Schokolade überzogene Erdbeeren. Neben unserem Mitternachtsimbiss liegt das Geschenk, das ich für meine Frau gekauft habe, hübsch verpackt in einer roten Schachtel mit schwarzer Schleife.

Es dauert keine Sekunde, bis Luna es entdeckt. „Ist das für mich?", fragt sie und ich nicke.

„Mein Gesicht tut weh, weil ich heute so viel gelächelt habe."

„Mach es auf." Ich schlüpfe aus meinem Mantel während Luna das Wohnzimmer durchquert. Wortlos zieht Luna ihren Mantel aus, legt ihn auf das Sofa und setzt sich. Ich beobachte, wie sie die Schachtel auf ihren Schoß legt und den Deckel anhebt. Sie zieht das Seidenpapier heraus und enthüllt ihr Geschenk. Ihr Mund öffnet sich, als sie die Lederweste in die Luft hebt, und ihr Blick fällt auf den Schriftzug *Property of Riggs*, der auf das Leder gestickt ist.

Immer noch wortlos steht Luna auf und kommt auf mich zu. Sie breitet ihre Arme aus und umarmt mich. Dann schaut sie mich lächelnd an. „Ich bin so glücklich."

Ich berühre ihre Lippen mit meinen. „Ich bin der Glückliche." Ich kann nicht anders, als sie wieder zu küssen, ihr den Atem zu rauben und mir meinen.

„Duschen und dann ins Bett?", frage ich schließlich und Luna nickt. Ich durchquere das Zimmer, gehe ins große Bad und drehe das heiße Wasser in der Dusche auf. Luna steht völlig nackt da, als ich mich nach ihr umdrehe. „Ich bin ein verdammt glücklicher Mann", gebärde ich, bevor ich mich ausziehe.

Ihr lüsterner Blick saugt mich förmlich auf und mein Mund sehnt sich nach ihrem Geschmack. Ich gehe auf sie zu, trete nah an sie heran, bis meine Lippen auf ihre treffen. Ich atme sie ein, während unsere Zungen miteinander tanzen. Mein Schwanz pocht vor Verlangen und will erobern, was mir gehört.

Die Dusche ist vergessen, ich stelle das Wasser ab, hebe Luna auf meine Arme und trage sie zum Bett. Sie stöhnt, als ich mich zwischen ihren Schenkeln niederlasse, mein heißer Atem streichelt ihre Haut, bevor mein Mund ihre süße Pussy bedeckt. Ihre Hände krallen sich in die Bettdecke, während meine Zunge ihre geschwollene Klitoris umkreist. Meine Frau ist seit ihrer Schwangerschaft besonders sensibel, und ich nutze das regelmäßig voll aus.

Lunas Orgasmus durchfährt ihren Körper und ihre Pussy pulsiert gegen meine Lippen, als sie kommt. Ohne sich Zeit zur Erholung zu lassen, geht Luna auf alle viere. Sie biegt ihren Rücken durch und hebt ihren Po in die Luft. Ich streiche ihr Haar zur Seite und beobachte ihren Gesichtsausdruck, während ich die Eichel meines Schwanzes an ihrem Eingang ausrichte und langsam in sie eindringe. Ihr Mund öffnet sich und ein weiteres Stöhnen entfährt ihr. Sie schaut über ihre Schulter zu mir, beißt sich auf die Unterlippe und wiegt sich meinem Schwanz entgegen.

„Verdammt", stöhne ich, als ich spüre, wie mich ihre heiße, feuchte Pussy wie ein Schraubstock umklammert.

Ich greife nach Lunas Hüften, schaue nach unten, wo wir miteinander verbunden sind, und beobachte, wie ich meinen Schwanz in ihrer enge Hitze hineinbewege und wieder herausziehe. Ich will das Gesicht meiner Frau sehen, wenn sie kommt, und ziehe meinen Schwanz aus ihr heraus.

Luna sieht mich über die Schulter an.

„Auf den Rücken", befehle ich.

Luna tut, was ich ihr sage, legt sich auf den Rücken, und meine Augen erfreuen sich an dem Anblick, der sich mir bietet. Meine Frau, mit rundem Babybauch, liegt ausgestreckt da, ihr blondes Haar auf dem Bett ausgebreitet, ihre Beine sind gespreizt, sodass ihre feuchte

Pussy zu sehen ist. Ich hebe Lunas Hüfte an und schiebe ein Kissen unter ihren Po. Dann spreize ich ihre Beine weiter, greife nach meinem Schwanz und reibe die Eichel an ihrer geschwollenen Klitoris, was ihren Lippen ein Stöhnen entlockt.

Als ich uns beide genug gereizt habe, lege ich Lunas Beine auf meine Schultern. Mit einem kräftigen Stoß dringe ich in sie ein und versinke in ihrer engen Hitze.

Luna schreit vor Lust, während sie sich an dem Laken festkrallt. Ich schließe meine Arme um ihre Schenkel und starre meine Frau an, während ich immer wieder in sie eindringe. Kein einziges Mal wenden wir den Blick voneinander ab. Es dauert nicht lange, bis ich spüre, wie ihre Scheidenwände um meinen Schwanz flattern, während gleichzeitig ein vertrautes Kribbeln meinen Rücken hinunterläuft.

„Komm", knurre ich und weiß, dass Luna meine Lippen lesen kann, denn auf mein Kommando hin durchströmt ihr Orgasmus ihren Körper und ihre Pussy pulsiert so heftig um meinen Schwanz herum, dass auch ich explodiere.

Später liegen Luna und ich im Bett und ich sehe, wie ihre Augenlider schwer werden, während sie gegen den Schlaf ankämpft. „Was bedrückt dich, Baby?"

„Wenn ich einschlafe, ist dieser perfekte Tag vorbei und ich bin noch nicht bereit dafür, dass er vorüber ist."

Ich küsse ihre Nasenspitze. „Keine Sorge, mein Schatz. Ich verspreche dir, dass ich dir noch viele weitere Tage schenken werde, die genauso wunderbar sind. Schlaf jetzt."

Bald darauf schlummert Luna ein und ich liege noch ein wenig wach und erfreue mich daran, dass der schönste Mensch, den Gott erschaffen hat, in meinen Armen liegt. *Verdammt. Wie konnte ich nur so viel Glück haben?*

Kapitel 6

Luna

Es ist der erste Weihnachtsfeiertag. Wir haben gerade im Hotel ausgecheckt und sind auf dem Weg zu Pops Haus, um den Tag mit unserer Familie zu verbringen. Gestern war der bisher schönste Tag meines Lebens, und als Ms. LeBlanc in Abels Armen aufzuwachen, ist ein wahr gewordener Traum. Ich schaue auf den Ring an meinem Finger, fahre mit dem Daumen über das Gold und denke an den Moment zurück, als Abel ihn mir ansteckte und damit unser Band vor Gott und unserer Familie besiegelte. Abel greift nach meiner Hand, nimmt sie in seine und führt sie zu seinen Lippen, um die Stelle zu küssen, an der mein Ring sitzt.

Ein paar Minuten später halten wir hinter dem *Twisted Throttle*, wo sich der Eingang zu unserer Wohnung befindet. Ich sehe Abel verwirrt an. „Ich dachte, wir fahren zu Pop?"

„Das tun wir auch. Aber vorher möchte ich dir noch etwas zeigen." Abel steigt aus dem Wagen, und ich warte, bis er auf der Beifahrerseite angekommen ist, um mir beim Aussteigen zu helfen.

Er lässt meine Hand nicht los und führt mich die Treppe hinauf in die Wohnung. Ich betrachte unser Zuhause und bemerke nichts Ungewöhnliches. Ich kann mir nicht erklären, was er mir zeigen will, aber ich folge ihm trotzdem durch das Wohnzimmer und zur geschlossenen Tür des Zimmers, das das Kinderzimmer unserer Tochter werden soll.

Abel bleibt an der Tür stehen. „Frohe Weihnachten, *Mon Trésor*." Er dreht den Türknauf und öffnet die Tür.

Vor lauter Staunen halte ich mir die Hand vor den Mund. „Wann? Wie?", frage ich und trete weiter in den Raum hinein.

„Ich habe die Sachen gekauft und bei Wick eingelagert. Er und die Jungs waren gestern Abend hier und haben alles aufgebaut." Abel steht hinter mir, legt seinen Arm um meine Mitte und küsst meine Schläfe, während ich mir all die kleinen Details des Kinderzimmers ansehe. Jeder einzelne Gegenstand, den ich mir gewünscht habe, ist da. Das cremefarbene

Polsterbett, das ich vor drei Monaten in einer Zeitschrift gesehen habe, mit passendem Wickeltisch, das alte Bücherregal, das mir letzten Monat auf dem Flohmarkt so gut gefallen hat, ist restauriert und sieht genauso aus, wie ich es mir vorgestellt habe. Mitten auf dem Boden liegt ein cremefarbener Plüschteppich, rechts neben dem Fenster steht ein Schaukelstuhl.

Abel geht auf den Stuhl zu. „Den Schaukelstuhl hat mir Pop geschenkt. Er hat ihn selbst gebaut."

Dann zeigt Abel auf die Kleider, die im Schrank hängen. „Die Kleider sind ein Geschenk von den Frauen aus Montana, genau wie die Bücher." Abel zeigt auf das Bücherregal. Er zeigt auf den oberen Teil des Schranks, wo sich reihenweise Windeln und andere wichtige Dinge wie Fläschchen und Decken stapeln. „Das ist alles von den Jungs. Und dies hier", Abel schaut zur Decke, wo ein atemberaubender Kronleuchter aus mundgeblasenem Glas hängt, „ist von Cain."

„Ich weiß nicht, was ich sagen soll. Alles in diesem Zimmer ist perfekt. Hierin steckt so viel Liebe. Ich kann nicht glauben, dass sie das gemacht haben. Der Schaukelstuhl, die Möbel, der Kronleuchter." Ich schüttle den Kopf und kann die Tränen nicht zurückhalten, die mir über die Wangen laufen.

„Du brauchst nichts zu sagen, Baby. Ich liebe dich und deine Familie liebt dich auch." Abel zieht mich in seine Arme.

Ich lege den Kopf in den Nacken und schaue ihm in die Augen. „Ich liebe dich auch. So sehr."

Dann küsst er mich.

Abel und ich sind die letzten, die bei Pop ankommen. Als wir eintreten, richten sich alle Blicke auf uns und die Gäste springen auf, um uns mit Umarmungen und Händeschütteln zu begrüßen.

„Schön, dass ihr nicht ohne uns angefangen habt", sagt Abel und lächelt seinem Großvater zu, als er von der Küche ins Wohnzimmer geht.

„Natürlich haben wir gewartet. Ich habe gerade den Truthahn aus dem Ofen geholt und Piper hat mir mit den Kuchen geholfen. Ich habe endlich das Apfelkuchenrezept deiner Großmutter gefunden. Piper hat gebacken wie eine Verrückte."

Bei der Erwähnung von Truthahn und Apfelkuchen läuft mir das Wasser im Mund zusammen. Mein Magen knurrt in diesem Moment, und den Blicken von Abel und Pops nach zu urteilen, haben sie es gehört.

„Klingt, als hätte meine Urenkelin Hunger. Kommt, Jungs. Lasst uns essen." Pops geht voran ins Esszimmer, wo ein großer Tisch mit Truthahn, Schinken und allem, was dazu gehört, gedeckt ist. Pops setzt sich an den Kopf des Tisches. Zu seiner Rechten sitzt Nova und zu seiner Linken Abel. „Lasst uns das Tischgebet sprechen", sagt Pop und alle fassen sich an den Händen, außer Pop, der die Gebärdensprache benutzt. „Herr, wir kommen heute zusammen, um dich in unseren Herzen willkommen zu heißen. Danke, dass du uns mit diesem Essen, mit unserem Glauben und mit unserer Familie gesegnet hast. Lass uns dir danken für all deinen Segen. Du hast uns gesegnet mit deiner Güte, deiner Liebe und deiner Gnade. Vor allem danken wir dir, Herr, dass du unser Leitstern bist. Wir beten in deinem Namen. Amen."

Pops Gebet folgt ein Amen von uns allen, bevor wir loslegen. „Hier, Baby." Abel nimmt meinen Teller und beginnt, ihn mit Essen zu füllen. „Möchtest du von allem etwas?"

„Bitte."

Während Abel beschäftigt ist, stehe ich auf. „Ich muss mal auf die Toilette. Bin gleich wieder da."

Fender, der neben mir sitzt, steht auf und zieht meinen Stuhl für mich heraus. „Danke."

Auf dem Weg zum Badezimmer spüre ich plötzlich einen dumpfen Schmerz im unteren Rücken, gefolgt von einer dieser lästigen Braxton-Hicks-Kontraktionen. Ich stütze meine Handfläche gegen die Wand, atme tief durch und warte einen Moment, bis das Unbehagen nachlässt. Sobald die Anspannung in meinem Bauch verschwunden ist, mache ich mich auf den Weg zur Toilette. Nachdem ich meine Notdurft verrichtet und mir am Waschbecken die Hände gewaschen habe, spannt sich mein Bauch wieder an wie vor ein paar Minuten.

Ich atme noch einmal tief durch, bis die Anspannung nachlässt. Plötzlich spüre ich ein nagendes Gefühl und frage mich, ob die Schmerzen mehr als nur Braxton-Hicks-Kontraktionen sein könnten, aber ich schüttle den Gedanken ab. Es sind noch fast zwei Wochen bis zum Geburtstermin. Ich habe schon seit Monaten Braxton-Hicks-Kontraktionen, also gibt es nichts, worüber ich mir Sorgen machen müsste.

Auf dem Weg zurück ins Esszimmer fällt mein Blick auf Abel, der lächelt. Sein Lächeln verschwindet jedoch schnell, als ich abrupt stehen bleibe, weil etwas Warmes und Nasses an meinen Beinen hinunter auf den Holzboden tropft und zu meinen Füßen eine Pfütze bildet. Meine Jeans ist zwischen den Oberschenkeln nass, sodass es aussieht, als hätte ich mir in die Hose gemacht. Für den Bruchteil einer Sekunde bin ich peinlich berührt und denke, mir sei tatsächlich ein Malheur passiert, aber schnell merke ich, dass dem nicht so ist.

Ich schaue Abel an, der jetzt auf den Beinen ist, und sage zu ihm: „Ich glaube, meine Fruchtblase ist gerade geplatzt." Kaum habe ich das in Gebärdensprache gesagt, blicken mich alle Gäste geschockt an.

Eine Sekunde später bricht um mich herum das Chaos aus. Stühle fliegen nach hinten um, Menschen wuseln umher und versuchen, ihre Jacken zu greifen. Abel hat sich mit zwei Schritten zu mir durchgekämpft, hebt mich auf seine Arme, eilt zur Tür hinaus und die Veranda hinunter. Er stellt mich wieder auf die Füße, reißt die Tür des Pickups auf, hebt mich wieder hoch und setzt mich auf den Sitz.

„Abel, du kannst langsam machen. Das Baby kommt jetzt noch nicht." Er ignoriert mich und schnallt mich an. Bevor er die Tür schließt, halte ich seine Hand fest und zwinge ihn zum Stehenbleiben. Abel schaut mich an. Ich lege meine Handfläche auf seine Wange und kommuniziere ohne Worte mit ihm. Lächelnd beugt er sich ins Führerhaus des

Lastwagens und drückt mir einen leichten Kuss auf die Lippen.

„Lass uns ein Baby bekommen", sage ich zu ihm. Abels Lächeln wird noch breiter.

„Lass uns ein Baby bekommen."

Die Fahrt ins Krankenhaus dauert nicht lange, und obwohl Abel sich beruhigt hat, ist er immer noch überfürsorglich.

„Was zum Teufel ist das?", fragt Abel die Pflegerin, die mir Bänder um den Bauch bindet.

„Das ist ein Ultraschallkopf. Damit überwachen wir die Herztöne Ihres Babys. Mit dem zweiten Gerät messen wir die Frequenz der Wehen Ihrer Frau." Die Pflegerin erklärt es mir in Gebärdensprache. Als sie mich in ein Zimmer brachten, war ich überrascht und dankbar, als sich meine Krankenschwester in Gebärdensprache als Adley vorstellte. Während sie das Zimmer herrichtete, erzählte sie mir von ihrem Neffen, der auch gehörlos ist. Meine Ärztin ist eine fantastische Person und hat extra Adley als meine Pflegerin herbestellt.

„Ich versichere Ihnen, Mr. LeBlanc, Ihre Frau ist in guten Händen." Adley dreht sich zu mir um. „Geht es Ihnen gut? Kann ich sonst noch etwas für Sie tun?"

„Es geht mir gut. Aber danke."

„Sehr gut. Ich komme bald wieder und sehe nach Ihnen. Der Arzt hat mir gesagt, dass Sie keine Epiduralanästhesie wollen, aber bitte lassen Sie es mich wissen, wenn es Ihnen zu unangenehm wird, dann können wir andere Möglichkeiten der Schmerzbehandlung besprechen. Dr. Lawrence wird bald hier sein, um Ihre Optionen mit Ihnen durchzugehen."

Vor Monaten habe ich mich gegen eine Epiduralanästhesie entschieden. Man mag mich für verrückt halten, aber der Gedanke, nicht mehr die hundertprozentige Kontrolle über meinen Körper zu haben, war mir nicht geheuer. Das heißt nicht, dass ich blauäugig bin, denn ich weiß, dass die Schmerzen schlimm sein werden. Aber ich glaube auch an das Recht einer Frau, zu entscheiden, wie sie ihr Kind zur Welt bringt, und ich habe ein Team von Ärzten und Krankenschwestern, die das respektieren.

Sieben Stunden und siebenunddreißig Minuten später habe ich die schlimmsten Schmerzen, die man sich nur vorstellen kann, aber dass mein Mann an meiner Seite ist, meine Hand hält und mir all seine Liebe schenkt, gibt mir die Kraft, die Schmerzen auszuhalten.

„Du schaffst das, Baby. Sie ist fast da. Nur noch ein paar Mal pressen", ermutigt mich Abel neben mir und streicht mir eine

Haarsträhne aus der verschwitzten Stirn. Ich presse schon eine gefühlte Ewigkeit und bin erschöpft.

„Sie machen das wunderbar, Luna. Ihre Tochter kommt gleich", sagt Dr. Lawrence, während Adley übersetzt. „Hier kommt noch eine Wehe. Bei drei möchte ich, dass Sie noch einmal kräftig pressen."

„Du hast die Ärztin gehört. Unsere Tochter ist gleich da, Baby." Abel küsst mich auf die Schläfe.

„Okay, Luna. Ich zähle bis drei. Tief einatmen. Eins, zwei, drei. Jetzt pressen."

Ich schaue auf die Lippen der Ärztin, drücke Abels Hand, atme tief ein und schreie vor Schmerz auf, während ich ein letztes Mal so fest ich kann presse.

„Hier ist sie, Mom und Dad", verkündet Dr. Lawrence und neben ihr übersetzt unsere Pflegerin. Und einfach so verschwinden all meine Schmerzen, und werden durch pure Freude ersetzt, als ich einen ersten Blick auf meine und Abels Tochter werfe.

Kapitel 7

Riggs

Ich kämpfe mit meinen Gefühlen, als ich meine Frau ansehe, die unsere Tochter im Arm hält. Nach neun Monaten des Wartens ist meine kleine Tochter nun in der großen, weiten Welt angekommen. Mit einem Gewicht von rund dreieinhalb Kilogramm, strahlend violetten Augen und einem Kopf voller blonder Haare hat meine Tochter mein Herz bereits gestohlen.

Luna schaut mich an, Tränen rinnen über ihr Gesicht, aber ihr Lächeln ist heller als die Sonne. Ehrlich gesagt, weiß ich nicht, wie sie es geschafft hat – wie sämtliche Frauen es schaffen. Ich dachte, dass ich stark bin, aber meine Frau ist stärker. Ich habe noch nie so viel Liebe, Kraft und Entschlossenheit gesehen. Ich habe Luna leiden sehen. Sie gab alles, was sie hatte, und dann legte sie noch eine Schippe drauf, während ich nur an ihrer Seite stand und sie tröstete, so gut ich konnte, indem ich ihre Hand hielt.

Ich biss die Zähne zusammen, wenn sie es tat, und hielt sogar bei jeder Wehe den Atem an. Aber ich war nur ein Zuschauer, der zusah, wie sich vor seinen Augen ein Wunder abspielte, denn Luna hat die ganze Arbeit geleistet. Neun Monate lang trug Luna ein Leben in ihrem Bauch, eine Erfahrung, die ich nie verstehen werde, aber ich werde für immer voller Ehrfurcht und Dankbarkeit für das sein, was sie mir heute geschenkt hat.

Endlich fragt mich die Pflegerin, ob ich meine Tochter im Arm halten möchte. Sie nimmt mein kleines Mädchen aus der Umarmung ihrer Mutter. In eine rosa Decke gehüllt, legt die Pflegerin meine Tochter in meine wartenden Arme. Endlich darf ich das Leben halten, für das meine Frau selbstlos ihren Körper geopfert hat, und ich bin so überwältigt von Liebe und Beschützerinstinkt, dass es dafür keine Worte gibt.

In diesem Moment ist niemand im Raum außer unserem Baby und seiner wunderschönen Mama, die uns liebevoll anschaut.

Ich greife nach Lunas Hand und spüre, wie mir Tränen in die Augen schießen. Wer sagt denn, dass ein Mann nicht weinen darf? Ich lasse meinen Gefühlen freien Lauf, denn die unermessliche Liebe und Hingabe, die ich für die beiden wichtigsten Wesen in meinem Leben empfinde, lässt sich nicht unterdrücken.

Pop hat mir einmal gesagt: „Erwachsene Männer weinen. Das heißt nicht, dass du schwach bist. Es bedeutet, dass du ein Herz hast. Ein erwachsener Mann weint, wenn er endlich jemanden mehr liebt als sich selbst".

Ich habe diese Worte nie wirklich verstanden, bis Luna in mein Leben trat, und jetzt, da ich meine Tochter im Arm halte, sind Pops Worte noch tiefer in meiner Seele verwurzelt. Ich würde alles opfern, Berge versetzen und mein Leben für meine Frau und mein Kind geben.

Über eine Stunde später sind wir endlich in einem Krankenzimmer und Luna und unsere Tochter schlafen friedlich. Ich habe Cain eine Textnachricht mit der Zimmernummer geschickt, sodass jeden Moment unsere geduldig wartende Familie eintrudeln müsste.

Kurz bevor sich die Tür öffnet, klopft es laut. Tequila steckt den Kopf herein. „Sind alle angezogen?"

Ich gebe Entwarnung und winke sie herein – nacheinander betritt unsere Familie den Raum.

Piper eilt allen voraus zu Lunas Bett, um als Erste einen Blick auf das neueste Familienmitglied zu werfen. „Oh mein Gott! Stopp! Sie ist so süß, dass ich Zahnschmerzen bekomme. Das beste Weihnachtsgeschenk überhaupt", schwärmt meine Nichte über ihre Cousine.

„Sie ist wunderschön, Bruder. Herzlichen Glückwunsch." Wick ist der erste meiner Männer, der mir die Hand schüttelt, gefolgt von Fender, Kiwi und Everest.

Cain wartet, bis er an der Reihe ist und umarmt mich. „Bin verdammt stolz und glücklich für dich, Bruder." Er zieht sich zurück und klopft mir auf die Schulter. „Das schönste Gefühl der Welt, oder?" Cain beobachtet, wie die anderen meine Tochter anstarren.

„Mehr, als ich es mir je hätte vorstellen können", gebe ich zu. Auf meiner anderen Seite steht Pop und beobachtet schweigend seine Familie, nimmt die ganze Aufregung in sich auf.

„Pop, willst du deine Urenkelin als Erster halten?" Pop schaut von Luna zu mir, seine Brust wölbt sich ein wenig, als er nickt.

Pop setzt sich in den Schaukelstuhl vor dem Krankenhausfenster. Vorsichtig reicht mir

Luna unser schlafendes Baby. Ich wiege sie in meinen Armen, durchquere das Zimmer und lege sie in Pops Arme. „Aria LeBlanc, darf ich dir den tollsten Mann vorstellen, den ich kenne, deinen Gampy."

Pop schaut auf ihr kleines Gesicht, während er mit dem Stuhl hin und her schaukelt. Es wird still im Raum, während wir alle zusehen, wie der Patriarch unserer Familie das neueste Wunder in unserem Leben kennenlernt.

„Ich habe viel erlebt und mit der Hilfe einer guten Frau, Gott hab sie selig, zwei starke Enkel großgezogen. Aber ein Mann hat keine Vorstellung, wie viel sein Herz fassen kann, bis ihn jemand Gampy nennt." Er hebt den Kopf und sein sanfter Blick trifft auf Piper. Sie lächelt ihn mit tränenerfüllten Augen an. „Wir sind alle gesegnet. Heute ist ein guter Tag." Pop, der seine Gefühle selten zeigt, hält inne, um sich zu sammeln. „Ich bin stolz auf dich, Abel", dann schaut Pop Luna an. „Auf dich auch, Luna. Danke für dieses wunderbare Geschenk", sagt er.

Stunden später geht die Sonne über New Orleans unter. Ich stehe in unserem Krankenzimmer vor dem Fenster.

Ohne dass es ihr bewusst ist, schaue ich mir mit meiner Tochter den ersten

Sonnenuntergang ihres Lebens an, während ihre Momma ein Nickerchen macht.

„Siehst du das?" Ich wiege meine Tochter in meinen Armen, während der Sonnenuntergang den Himmel in Gold- und Purpurtöne färbt. „Sonnenuntergänge sind der Stoff, aus dem Träume gemacht sind", flüstere ich und küsse sie dann auf die Stirn. „Du wirst wachsen und diese Träume verfolgen." Meine Gedanken schweifen in die Zukunft. „Und eines Tages, Gott steh mir bei, wirst du einen Mann treffen, mit dem du diese Träume teilen willst, und ich hoffe, dass du die Art von Liebe findest, die deine Momma und ich haben. Aber niemand wird dich jemals so sehr lieben wie ich", gestehe ich meiner Tochter und blicke dann meine Frau an, deren Blick den meinen trifft. „Hey, Momma."

Sie lächelt mich an. „Hi."

Sie stellt das Kopfteil des Krankenhausbettes höher, begierig darauf, unser Baby zu stillen.

Ich lege Aria in ihre Arme, dann setze ich mich aufs Bett neben Luna und sehe zu, wie sie unsere Tochter stillt.

Luna schaut zu mir auf. „Ich liebe dich."

„Ich liebe dich, *Mon Trésor*." Ich beuge mich vor und presse meine Lippen auf ihre.

Als ich mich zurückziehe, sagt Luna in Gebärdensprache: „Frohe Weihnachten."

Autorinnen

Crystal Daniels und Sandy Alvarez sind ein Schwestern-Duo und die USA To-day-Bestsellerautorinnen der beliebten „Kings of Retribution MC"-Serie. Seit 2017 hat das Duo zahlreiche Romane veröffentlicht. Ihre gemeinsame Leidenschaft für Bücher und das Geschichtenerzählen führte sie auf eine aufregende Reise, um nicht nur all die unglaublichen Geschichten zu lesen, die sie so sehr lieben, sondern auch einige ihrer eigenen zu schreiben.

Website:
www.authors-cdaniels-salvarez.com

Facebook:
Authors.SandyAlvarez.CrystalDaniels